김준녕 단상집

소설가의 농담

채륜서

02   **몸부림에 가까운 농담들**

03　**구원을 가장한 농담들**

06 미래의 농담들

01

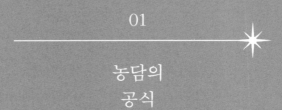

농담의
공식

주의

    지금부터 당신이 보게 될 모든 글은 농담이다. 말 그대로 웃자고 하는 소리다. 웃긴 농담부터 슬픈 농담까지 그 범위는 헤아릴 수 없다.

    부탁이니 절대 기억하려 하지 말고, 담아두려 하지 말아 달라. 냇물 흐르듯 당신의 머리에서 흘려 버리길 바란다. 당신이 이 책을 펼친 순간부터 위 내용에 동의했다고 판단하고서 난 마이크를 잡겠다.

    만약 기분이 나쁘다면, 뭐 어쩔 수 없다.

    허공에 내 욕이라도 시원하게 해라.

    값을 치렀으니, 응당 그 정도는 해도 되지 않겠는가?

농담

특성 두 가지 :

공격적, 자기방어적

유의해야 할 점 한 가지 :

도덕의 습기를 먹고 자란 것

농담의 공식

농담에 공식은 존재한다.

농담은 짧은 농담과 긴 농담으로 구분할 수 있다. 짧은 농담은 대사가 한 문장 내외이며, 긴 농담은 1분 이상의 이야기 전개를 요구하는 농담이다.

짧은 농담은 원초적 본능을 건드려야 한다.

생리 현상, 인종, 섹스 등이 이에 속한다.

긴 농담에는 기존 이야기를 뒤집는 결정적인 펀치라인이 필요하다.

원초적 본능과 함께 쓰면 더욱 효과적이다.

다만 조심하자.

관객에게 먹히는 농담일수록, 불쾌함을 느끼는 사람은 늘어난다.

다시 한번 말하지만, 농담은 도덕의 습기를 먹고 자란다.

우롱차

일반적으로 우리가 우롱차라 부르는 것은 초록빛이 도는 투명한 청차를 뜻한다. 일반적으로 청차는 우롱차와 동의어로 쓰이는데, 이렇게 둘의 의미가 같아진 경위는 이러하다.

20세기 중반 차茶 최대 수출국은 대만이었다.

중국은 당시 문화대혁명으로 대대적으로 차 문화를 말살해버린 상태였고, 대만은 차 재배에 적합한 고산 지대에서 차를 재배해 세계에 팔았다. 개 중 단연 으뜸은 오룡차였는데, 이것의 일본어 발음이 우롱차이다.

오룡차의 인기가 높아지자, 대만에서는 비슷한 청차를 우롱차라 부르며 세계에 수출했다. 그렇게 우롱차는 청차 그 자체가 되었다.

나도 이 예시를 받아들여 가명을 하나 만들까 싶다.

하루키가 아니라 하로키로,

김영하가 아니라 김일하로,

정세랑이 아니라 정새랑으로.

물론 웃자고 하는 소리다.

펀치라인

펀치라인은 한국에선 주로, 래퍼들의 가사에서 '중의적 뜻'을 가진 구절을 일컫는다. 물론 단어의 유래에 대해서는 설이 분분하다. (보통 영구 코미디 잡지 '펀치'에서 유래되었다고 말한다)

코미디에선 펀치라인을 '마지막 비틀기'로 칭한다. '마지막 비틀기'란, 기승전결에서 결을 맡는 부분으로, 기존 이야기를 뒤집음과 동시에 관객들의 폭소를 터지게 하는 가장 중요한 부분이다.

영화 '조커'에서는 'knock knock' 농담이 등장한다. 주로 아래와 같이 식으로 진행된다.

knock knock(똑똑) ⇨ Who's there?(누구세요?) ⇨ 전개 ⇨ 펀치라인 ⇨ 웃음

이렇게 정형화된 농담의 문제는 펀치라인이 웬만큼 강력하지 않다면, 어떤 농담보다도 썰렁하게 들리게 된다는

것이다.

또한, 이야기 전개 시간이 길어지는 만큼 펀치라인의 입지는 무척이나 중요해지며, 관객들은 기대에 가득 차서 당신의 입에 온 신경이 집중할 것이다.

만약 기대는 부풀어 올랐는데, 펀치라인이 효과적이지 않다면, 그 반발은 가히 살인적이다.

조커의 농담은 이야기 전개 시간이 늘어지면서도, 관객들을 만족시킬 펀치라인을 만들어 내지 못했다.

심지어 그 펀치라인은 도덕적인 선 타기에 실패했으니, 관객들이 야유를 쏟아 낼만 했다.

그러니 명심하자.

펀치라인에 자신 없으면, 농담 자체를 하지 않는 게 좋다는 것을.

베스트셀러

가면 좋겠다.

쉼표

✳

일은 물론, 즐겨 듣던 노래도 지겹다. 코로나가 죽여놓은 모든 인디씬에 조의를 표한다.

말간 모니터를 글로 채워 넣으려 안간힘을 쓴다.

마른 수건을 쥐어 짜내듯 마음의 바닥부터 긁어낸다.

무엇을 위해 쓰기 시작했는지 이제는 잊어버렸다.

문학에 구원은 없다고 누누이 말해왔지만 처음 그 시작은 '나'의 구원과 깊은 연관이 있었을 텐데, 이것도 언제, 어디서부터 변질되었는지 몰라 통 믿을 수가 없다.

✳

쓰지 못하는 날이 쓰는 날보다 많다.

작가라 불리기엔 글은 일기에 가깝고, 백수라 하기엔 내어놓은 글이 많다.

내가 느끼기에 작가는 직업보다는 소명召命에 가까워서, 누군가에게 작가라 밝히는 건 종교관이나 정치색을 드러내는 것과 같이 어려운 일이다. 더군다나 모든 독자가 만족하는 글이란 세상에 존재하지 않으므로, 누군가는 내 글을 읽고서 내게 적의를 품으리라 상상하면 더욱 주저하게 된다.

이 사실은 나로 해서 야생에서의 초식 동물처럼 행동하게 한다. 그는 엷은 살이 그대로 노출된 목을 빳빳이 들고 서 있지만, 정작 털끝조차 보이지 않은 육식 동물들을 두려워하며 늘 도망칠 궁리를 하고 있다. 풍뎅이가 낸 소음에도 땅을 박차고 펄쩍 뛰는 그의 모습이 애처롭다.

✳

가난한 예술가는 가난 자체가 두렵기보다 가난이 자기 예술의 실패를 대변할까 걱정한다.

베스트셀러 작가라면 시장과 돈이 주는 인정으로 적들을 마음속으로 찍어 누를 수 있겠으나, 무명작가의 마음은 자기 호주머니만큼 얇아서 늘 주변을 살핀다. 숨죽여 자기 작품에 대한 반응을 엿보고, 은근하게 좋은 말을 해주길 바란다. 누구는 압박에 이기지 못해 부정한 방법을 써서 금세 무너질 종이집을 짓기도 한다. 도망자의 삶이다.

이에 대한 해답은 분명하다.

멈추지 않고서 써야 한다.

✳

하나님이 이르시되,

빛이 있으라 하시니 빛이 있었고 (창세기 1장 3절)

작가는 씀의 계율 아래에 산다. 빛이 존재하기 전에 말씀이 있었다. 말씀에 따라 세상은 순식간에 만들어지고, 무너진다. 인류사는 하나의 긴 문장일지도 모른다. 한 사람이 죽을 때마다 쉼표가 문장에 남게 되고, 비로소 죽은 이는 끝 없는 전체의 온전한 '일부'가 된다.

이 시대의 작가들은 펜을 들고서 부단히 그 '일부'들을 기록하는 자들이다. 나는 아직 여물지 못한 작가라 나 스스로 적어 내리기도 버거워한다. 부디 내 소명이 다하기 전에 내 생산물이 기록이 되길 바란다.

기왕이면 볼드체로 말이다.

테라포밍

한 행성을 지구에 가깝게 환경을 조성하는 것을 테라포밍이라 한다.

모든 행성을 테라포밍할 수 있는 것은 아니다.

항성과 일정한 거리를 둔(일명 골디락스 존) 암석형 행성만이 테라포밍의 가능성이 있다.

기본적으로 대기를 가져야 하며, 액체 상태의 물을 표면에 갖추어야 한다.

여기서 나는 상상한다.

지구가 멸망하고, 인간은 화성을 테라포밍한다.

마지막 인간들을 태운 우주선은 화성 궤도를 돌며, 화성이 테라포밍을 기다린다.

그러나 불의의 사고로 테라포밍에 필요한 바이러스와 미생물이 든 플라스크가 깨지게 되고, 주인공은 고민을 거듭하다 끝내 바닥에 널브러진 액체들을 마시고서 화성

대기에 뛰어들게 된다.

그의 몸은 산산이 부서지며, 표면 곳곳에 떨어지고, 필요한 미생물은 전체에 퍼진다.

어떤가? 극적이지 않은가?

글감

 퍽 이상한 상상을 많이 한다.

 판타지 세계에서 프롤레타리아 혁명이 일어난다면 어떨까?

 다수의 범인이 탐정을 찾는 이야기는 어떨까?

 마왕에게서 공주를 찾기 위해 떠난 용사를 찾기 위해 떠나는 용사의 팬클럽은 무슨 일을 겪을까?

 언젠가 이 이야기들을 쓸지 모른다.

 영영 쓰지 않을지도 모르고.

 다만, 이런 상상만으로도 나는 행복해진다.

 쓰는 기쁨 전에 상상의 기쁨.

 소설가는 무엇도 마시지 않고 취할 수 있다.

진화

공작의 화려한 꼬리는 생존에 치명적이다.
바비루사의 긴 엄니는 간혹 자기 머리를
뚫기도 한다.
사슴의 큰 뿔은 목을 가누게 힘들게 한다.
문학도 인간에게 마찬가지이다.
나는 인간 정신 진화의 부산물이
문학이라 생각한다.
생존에는 하등 도움이 되지 않는다.
아니, 애초에 무엇에도 도움이 되지 않는다.
그러니 문학에 어떤 기준을 세우지 않기를
바란다.
본래 그런 것이니.

인간 진화론

'적자생존'

다윈의 진화론을 이야기할 때, 빼놓을 수 없는

키워드이다.

생물학적인 죽음이 보이지 않을 뿐이지,

아무리 인권이 중요시되는 오늘이라도 이는

비껴갈 수 없다.

인간만의 독특한 적자생존이 내 눈에 보인다.

목소리와 외모가 뛰어난 사람이,

예술적 기질이 있는 사람이,

운이 좋은 사람이,

물려받은 자산을 지킬 수 있는 사람이,

이들만이 오늘날 한국에서는 자식을 낳는다.

짐승

짐승은 맹목적이다.

짐승과 사람을 가르는 경계는 형식이다.

형식 없는 목적은 공허하다.

고품격 헛소리

뒤샹의 '샘'은 미술의 죽음을 선고했고, 벨벳 언더그라운드의 실험적인 사운드는 음악의 범위를 무한대로 확장했다.

이 빌어먹을 모더니즘의 소용돌이는 여태 예술가들의 목을 조르고 있다. 우리가 죽고 먼지가 되어도, 우리의 손자의, 손자의 손자가 죽을 때까지도 이 사슬을 풀 수는 없을 것이다.

문학가도 예외는 없다.

2000년대 알아듣기 힘든 소설들이 쏟아졌다. 줄거리는 사라졌고, 인물은 난해하며, 시공간은 꼬여있다.

좋은 표지, 좋은 평론가, 좋은 광고.

이 셋이 뭉치면 무엇이든 가치 있는 것이 된다. 감히 말하지만, 지금 베스트셀러는 고품격 헛소리이다.

(내 글은 저품격 헛소리쯤 되겠다.)

두 막대기 그리고 삼각형

2차원 평면에 막대기 두 개를 그리고, 그것들을 활용하여 삼각형을 만들어 보자.

이상한 상상은 하지 말고.

바닥에 단단히 고정한 후에 서로를 향해 넘어뜨려 보자. 한쪽이 길이가 길면, 온전한 삼각형을 만들 수 없다.

나는 막대기 두 개에 각각 이상과 현실이라 이름을 붙인다. 만약 이상이 현실보다 길면, 삐쳐 나온 만큼 무력감을 받는다.

만약 현실이 이상보다 길면, 삐쳐 나온 만큼 의지할 주체가 없어 혼란에 빠진다.

나는 두 가지의 길이를 맞추려 노력한다.

그러나 대게 현실은 단단하고, 이상이 물러,

이상을 조정한다.

언젠가는 두 막대기의 끝이 맞닿기를 바란다.

참수

길로틴은 프랑스 혁명 때, 처형을 쉽고 빠르게 진행하기 위해 만들어진 사형 장치이다. 엄청난 크기의 칼날이 중력을 받아 빠르게 떨어지면 사람의 목을 친다.

그렇게 머리가 잘린 사람은 한동안 살아있었다. 눈을 움직이거나, 관중들에게 무슨 말을 하려고도 했다고도 한다. 머리가 없는 몸을 상상하고 싶지는 않다. 워낙 끔찍한 장면이니, 굳이 상상할 필요도 없다.

그러나 요즘 나는 그렇게 살아가려 노력하고 있다. 머리로는 걱정하고, 고민하며 시간만 보내다가 시도조차 하지 않는다. 나는 머리가 잘린 몸처럼 일단 시도하고 보기로 했다. 아마 목이 잘린 사람은 이런 말을 하려 했을 것이다.

'생각보다 나쁘지 않군.'

나는 나의 목을 쳤다.

최대한 솔직하게

사진가 피터 린드버그의 모토는

'최대한 솔직하게highly Honestly'이다.

그의 작품 속 인물들은 작위적이지 않은 표정과 움직임을 보인다.

인물들의 주근깨가 드러나는 옅은 화장과 더불어 카메라 렌즈에 두지 않은 시선은 그야말로 일상을 순간 포착한 것처럼 보이게 한다.

린드버그는 '인물의 가능성'을 극대화하여 사진계에 큰 영향을 주었다.

일상을 담아내는 것.

가장 자연스러운 것이 가장 대중적인 것이며,

가장 지역적인 것이 가장 세계적인 것이다.

꾸미면 꾸밀수록 덜 아름다워지며,

빼면 뺄수록 거대해진다.

글도 마찬가지이다.

사념

  티베트 승려들은 몇 달에 걸쳐 화려한 모래들로 만다라를 완성한다. 매우 화려하고, 장엄한 이 예술작품을 그들은 일순간에 지워버린다.

  이런 일은 미국 인디언들에게서도 찾아볼 수 있다. 어떤 부족은 어렵게 만든 인디언 가면을 완성되는 순간 부숴버린다고 한다.

  불교에서는 이를 사념을 깨닫는 과정이라 한다. 아주 공들여 달성한 일을 완성된 순간에 없애버리면서 영원한 것이 없음을 깨닫는 것이다.

  문학도 마찬가지이다.

  소설 하나를 끝내는 순간 이야기는 내 것이 아니게 된다. 이것은 이제 글을 읽는 당신의 것이다. 나는 모래를 흩어버리는 승려처럼 마지막 마침표를 찍는 순간에 이야길 놓아버린다.

세상에 온전한 내 것은 없다.

민담

기억이란 간사해서 주인이 원하는 방향으로
고개를 숙인다.

소문은 그렇게 부풀려지고, 뒤틀린다.

이는 말로 전해지는 민담에서도 잘 드러난다.

버전마다 전개가 다르다.

사람 잡아먹는 호랑이의 경우

어디에서는 짐승의 모습이지만,

다른 어디에서는 사람의 형상이라 한다.

작은 실험을 해볼까 한다.

SNS에 이야기 하나를 만들고,

한 사람이 한 번 보고 다시 쓴다.

그러면 또 다른 사람이 전 사람이 쓴 글을
보고 쓴다.

1000번째 사람의 글은 어떨까?

궁금하다.

용기

돈이 많았다면, 영화감독을 했을 것이다.
목소리가 좋았다면, 가수를 했을 것이다.
용기가 있었다면, 직장을 다녔을 것이다.
난 이 세 가지가 부족해 글을 썼다.

패러다임

우리가 아는 과학은 진실이 아니다.
무수히 많은 현상을 지금 인정받는
과학이 가장 잘 설명하고 있을 따름이다.
얼마든지 새로운 사실로 과학은
변모할 수 있다.
과학은 무기물보다 유기체에 가깝다.
과학은 정반합의 과정으로 전복과 재건을
거친다.
하늘에 닿으려는 바벨탑처럼 닿을 수 없는
끝에 닿으려 과학자들은 오늘도 탑을 쌓아
올린다.

후원 시스템

전근대 예술은 귀족, 왕족과 같은 특권층 및 종교의 후원으로 기능하였다. 산업화는 멀었고, 대중에게는 돈이 없었으니, 예술가가 먹고, 살 방법은 돈이 나오는 곳에 빌붙어 사는 것뿐이었다. (물론 예외는 있다. 베토벤 같은 실력자들은 모두를 압도했으니까.)

근대 사회로 넘어와, 산업화 및 시민의식의 성장으로 대중 예술이 탄생한다. 예술가들은 상업성을 곁들인 작품들을 써내고, 그것을 대중에게 팔아 생계를 유지한다.

오늘날 다수의 예술가가 대중과 소통하며 지낸다. 나는 앤디 워홀이나 하물며 피카소까지도 이런 축에 든다고 생각한다. 물론 오늘날에 후원 시스템 자체가 사라진 것은 아니다.

그것은 오묘하게 시장과 미디어와 결합하여, 우리 주변을 떠돌고 있다. 단지, 이런 시스템이 겉으로 드러나지는 않을 뿐이다.

A라는 예술가가 B 회사의 후원으로 작품을 만들면, B 회사의 자회사가 A의 작품을 사들인다. 그 작품은 A가 미디어를 통해 새삼 유명해지거나, 작고하기 전까지 작품은 B 회사의 소유로 있다가 후에 비싼 값으로 다른 이들에게 팔린다.

물론 유명해지는 그 과정에도 회사 B가 크게 관여한다.

어찌 보면 창조 경제일지도 모른다.

피보나치

피보나치는 피보나치수열과 아라비아 숫자를 유럽에 들여온 것으로 유명하다.

피보나치라는 이름에는 보나치 가문의 아들이라는 의미가 담겨 있다.

가문과 가족을 끔찍이 애정하는 이탈리아인이니, 피보나치 당사자는 아무렇지 않아 할지도 모른다.

그래도 나라면, 나를 어떤 가문의 아들이기보다 '레오나르도 피사노'로 기억되길 바라지 않았을까 싶다.

정답

모든 것에 정답이 있으면 얼마나 편할까?

잘 쓴 소설에도

잘 그린 그림에도

잘 찍힌 사진에도

다만,

정답은 자유를 갉아먹는 족쇄라는 것을 잊지 않으려

한다.

체인지

무생물이 생물이 되고, 생물이 무생물이 되는 상상을
한다.
책상이 개 등에다 대고 접착제를 먹는다.
접시가 돼지 배를 뒤집어 닦아낸다.
일반 소보다 열 배는 큰 소가 있다는 곳에
병들이 줄지어 간다.
마우스가 자기 모습을 본뜬 쥐라는 것을
그림판에 그린다.
죽은 자동차들은 작은 플라스틱 덩어리들에
의해 좀 먹힌다.
티브이가 인간 눈동자를 들여다본다.
죽은 것들이 가득하다.

마술적 사실주의

라틴 아메리카 소설에서는 마술적 사실주의를 자주 찾아볼 수 있다.

쉽게 마술적 사실주의를 말하자면, 현실에서는 일어날 수 없는 일이 전개됨에도 인물들이 자연스럽게 받아들이는 것으로 받아들이면 되겠다.

사실 이것은 만들어진 용어로, 일반적인 소설적 장치와 명확하게 구분되지 않는다. 다만, 문화인류학적으로 유독 라틴 아메리카 문학에서 이러한 마술적 사실주의가 팽배한 이유를 생각해본다면, 몇 가지 의미를 상상해볼 수 있다.

이 글에서 주목할 것은 바로 라틴 아메리카의 민족적 특성이다. 크레올로 대표되는 라틴 아메리카의 사회는 백인과 원주민이 공존하는 사회이다.

즉, 이질적 문화의 공존이 사회의 근간이다. 공존이라해서 꼭 이해가 수반되는 것은 아니다. 서로의 문화적 근

간이 다르니 이해하지 못하고, 그저 인정하고 넘어가야
할 것이 생긴다.

마술적 사실주의의 개념에서 '일어날 수 없는 일이 전개
됨에도 인물들이 자연스럽게 받아들이는 것'이 중요시되
는 것을 보면, 이러한 민족적 배경이 문학에 영향을 주지
않았을까 싶다.

철

수소와 같은 상대적으로 가벼운 원소들은 뭉치려 한다. 핵무기 원료로 유명한 우라늄과 같이 상대적으로 무거운 원소들은 흩어지려 한다.

그렇게 뭉치고, 흩어진 원소들의 끝은 어딜까?

바로 철이다.

(주워들은 이야기이니 걸러 듣기 바란다.)

이른바 '죽은 별'들에는 철로 가득하다고 한다.

고등학교 때 과학 선생님은 이를 '철이 든다.'는 우리 표현과 연결했다.

우스갯소리로 한국말의 위대함을 말하는

그분의 모습이란.

모두 한곳으로 향하는 세계가 나는 두렵기도 하다. 비정한 열역학 법칙에서 끝 세계는 생명 하나 없이 매섭다.

나는 철이 들었다는 말을 '싸울 수 있는 철제 무기를 들

수 있는 나이'라 해석한다.

이 해석도 지나치게 날카롭기는 마찬가지이다.

희생

위대한 예술가들의 일생과 작품의 가치는 반비례한다. 그가 인간적인 고통을 경험하면 할수록, 작품의 가치는 올라간다.

빈센트 반 고흐가 대표적이다.

테오의 멱살을 잡고, 고갱에게 술에 취해 유리컵을 던져 대던 그였다.

인정 한 번 받아보지 못하고, 떠돌던 그는 사후에야 위대한 예술가가 되었다.

평론가들은 '아틀리에'를 가리키며 여기서 고갱과 언쟁을 벌였다 말한다.

한 사람의 고통이 누구에게는 영광으로

보인다니.

웃으며 말하는 그들이 멀게만 느껴진다.

드라마와 논설

아리스토텔레스 시학은 2000년째 모든 이야기 구성의 교과서로 군림하고 있다.

오늘날 작가들부터 할리우드 관계자들 모두 아리스토텔레스 시학의 메커니즘에 따라 이야기를 쓴다.

그는 관객의 작품 몰입을 최고로 치며, 그로 인한 관객들의 카타르시스를 불러일으키려 한다. 즉, 시학은 관객이 감정적 몰입을 통한 타자화된 경험을 내면화하는 것에 집중한다.

그러나 이에 반기를 든 사람이 존재했으니,

바로 극작가 브레히트다.

그의 연극은 시학의 메커니즘을 부정한다. 갑작스레 이야기를 잘 진행해나가던 인물들이 관객석에다 대고 외친다.

'이건 연극이야! 등신들아!'

관객의 몰입은 깨진다.

어이없는 상황이다.

아이러니하게 들리겠지만, 브레히트는 아리스토텔레스보다 관객을 믿었다.

그는 관객이 감정적 몰입이 아니라, 이성적 판단을 하기를 원했다. 즉, 관객이 작품 내부 인물에 몰입하지 않고, 작품 자체를 객관화하기를 바랐다.

그러나,

재미가 없었다.

마치 그의 작품은 관객을 가르치려 하는 느낌을 주었고, 관객들은 불쾌함을 느끼며 작품을 감상하지 않으려 했다.

나는 내 작품이 브레히트에게서 많은 부분 영향을 받았다고 생각한다. 복잡한 구조와 알 수 없는 말들이 모두 그런 장치이다. 나는 당신이 소설에서 나와 현실을 보았으면 한다.

교조적으로 들리는 것을 알고 있다.

솔직히 나는 당신을 가르칠 자격은 물론, 작은 조언도 할 수 없는 사람이다.

그러니 그런 불쾌함을 내 글에서 느꼈다면,

부디 용서해주길 바란다.

저장 강박

글을 쓸 때면, 10초에 한 번씩 저장 버튼을 누른다. 기억력이 좋지 못해 한 번 날아간 글은 아무리 짧은 글이라도 똑같이 쓰지 못한다.

그렇게 쓰인 글은 조선왕조실록처럼 여러 군데에 나눠서 보관한다. 노트북에 한 부, 이메일에 한 부, 핸드폰에 한 부.

노트북이 제일 불안하다.

연식도 오래되었고, 버튼도 잘 눌리지 않는다.

'응답 없음'이라는 창이 뜨면, 가슴이 철렁

내려앉으며 기도한다.

한 문장이라도 사라지면,

새로운 직업을 찾을까 진심으로 고민한다.

잘 팔리는 것

편의점 삼각김밥처럼 나는 하루 한 번 글을
써내고 사람들이 사 갔으면 한다.
월마다 구독료를 내고도 보지 않는
넷플릭스처럼 내 작품도 일단 사 갔으면 한다.
팔리는 것과 팔리지 않는 것의 차이는,
언젠가 알게 되겠지.

제목

제목 짓기란 작품 창작보다도 어려운 일이다.

'주인 없는 방'은 일주일 만에 써낸 작품이었지만, 제목은 한 달 동안 고민했고, 몇 번이고 고쳐 써야 했다.

그럼에도 마음에 들지 않는다.

김영하 작가의 '나는 나를 파괴할 권리가 있다'라는 소설 제목을 가장 좋아한다.

시와 소설

2019년 말에 한국외대 문학회와 합동 합평회를 진행했다. 우리는 소설을, 외대는 시를 주로 가져왔다. 뒤풀이 자리에서 어김없이 시인과 소설가들 간에 장난 가득한 논쟁이 벌어졌다.

시와 소설, 둘 중 무엇이 먼저인가?

당시 육호수 시인이 자리에 있었는데, 그는 '시로 이미 모든 것을 말할 수 있으니, 굳이 소설을 쓸 필요가 없다'는 김소연 시인의 말을 인용하였다.

이 말에 반문하지 못한 소설가들의 유쾌한 패배로 이야기는 끝이 났다. 나는 한동안 그 말에 빠져 살아왔다. 최소한의 표현으로 내 모든 것을 전할 수 있다면, 내가 소설을 쓰는 이유는 무엇인가?

나는 답을 독자에서 찾았다.

단순히 내가 말하고자 하는 바를 표현하는 것을 넘어,

독자에게 그것을 효과적으로 가닿게 하기에는 소설의 기법이 더욱 효과적이라 생각한다.

즉, 독자는 시보다 소설(상대적으로 긴 분량의)에 쉽게 이입하며, 작품이 담아낸 세계를 더욱 깊게 받아들일 수 있다는 말이다.

소설이 시보다 낫다[*].

---

[*] 물론 이 책의 제목대로 웃자고 하는 소리다.

시와 소설. 2

물론 시와 소설을 구별하는 것도 이상적으로는 불가능
하다고 생각한다.

호메로스의 일리아드는 소설인가? 시인가?

장시는 어디서부터 시의 성격을 잃고,

소설이 되는가?

나는 국문과가 아니라 그런지 알지 못한다.

위계를 정하는 것 자체가 잘못된 행위일지도 모른다.

그리고 누군가에게는 상처가 되겠지.

앞서 말했듯이 농담은 도덕의 습기를 먹고

자란 것이니까.

안톤 체호프의 총

'안톤 체호프의 총'을 한 문장으로 요약하면 아래와 같다.

총이 작품에 등장하면, 그 총은 반드시 쏴져야 한다. 만약 총이 쏘이지 않으면, 총의 등장은 작품에서 불필요한 것이 된다. 이처럼 '안톤 체호프의 총'의 관점에서 작품의 모든 요소는 기계적으로 기능해야 한다. 톱니바퀴가 맞물려 돌아가듯이 등장 요소들은 플롯에 영향을 주어야 한다.

역시나 이에 반기를 든 자가 있었으니.

바로 영화 '싸이코'로 대표되는 히치콕 감독이다. 그는 플롯에 큰 영향이 없는 사물이나 대상을 일부러 관객을 묶어두어 반전을 노렸다.

이를 '맥거핀'이라 한다.

현대에 이르러서 '안톤 체호프의 총'은 기가 막히게 변주된다. 총이 등장하지만, 쏴지지 않고 대신 주인공은 총을 둔기로 사용한다. 규칙은 깨지며, 창조를 낳고, 창조는 다시 규칙을 낳는다. 질문은 한 가지.

이 끝없는 순환에서 우리는 안톤 체호프의 총을 어떻게 받아들일 것인가?

독자讀者

'완성된 작품은 더는 작가의 것이 아니다.'

이렇게 생각했고, 아직도 내게 이 생각은 유효하다.

다만, 작가로서 갈증이랄까?

쏟아져 나오는 블로그 감상평과 DM 리뷰 속에서 시원하게 내 작품을 해제해 준 사람은 아직 없다.

물론 수능 지문을 연구하듯 내 작품을 해체해달란 말은 아니다. 이건 현대인의 비애이고, 저건 해리된 자아이고. 그런 평론을 보면 난도질당한 자기 몸을 보는 것만 같다.

한국의 평론이 죽은 이 시점(유명한 평론가들의 평론집이 1쇄를 못 넘기는 것을 보면 이렇게 말해도 될 수준이라 본다)에서 이는 나의 욕심일지도 모르겠다.

등단하지 못한 작가의 글을 용감하게 해제할 평론가도 당연히 없을 것이고. 좋은 해제란, 표현 자체에도 문제가 많다.

사실 내 작품을 읽어주는 것 자체에 감사함을 느끼고, 사주셨으면 기꺼이 머리를 숙여야 하지만, 종자기鍾子期의 죽음 이후 거문고 줄을 끊어버린 백아伯牙처럼, 알아주는 이를 갈구하는 것도 작가의 숙명이 아닐까 싶다.

로그라이크Roguelike

로그라이크란 '로그'라는 게임의 특징을 가진 게임 장르를 가리키는 말이다.

로그라이크 게임들의 주된 특징은 세이브가 되지 않는다는 점이다. 게임 내에서 캐릭터가 죽으면 플레이어는 다시 모든 과정을 처음부터 시작해야 한다. 채집한 골드나 아이템은 저장되지 않고 캐릭터는 맨몸이나 다름없이 태어난다.

우리의 인생도 이와 마찬가지라 생각한다.

아무리 부자라도 돈을 안고 죽지 않는다. 사진을 수천 장 찍어놓아도, 그때로 돌아갈 수 없다. 1기가가 넘는 3분짜리 음악 파일도 현장감을 완벽히 재현할 수 없다.

이 세상에서 다른 삶을 살던, 높은 세계로 가던, 물질은 사라지지만, 경험은 우리에게 남는다. 세상을 누비고 다녔던 우리의 지금은 세상 어딘가에는 영원히 남을 테니.

02

몸부림에 가까운
농담들

방향

여기 쓰는 모든 글은 내게 향한 것들이다.

모든 비판, 비난, 응원 등 모든 것들이.

무엇에 결핍된 사람일수록 그것에 대해 말한다. 어떤 것에
잘 알면 알수록 그것에 대해 사람들은 말하지 않는다. 말
이 얼마나 의미를 곡해하는지 알기 때문이다.

나는 성인聖人도, 재판관도, 어른도 아니다.

내가 쓴 글은 당신에게 어떤 지침도 내밀지

못한다.

그저 훑고는 스쳐 지나가길 바란다.

아프로디테는 사랑의 여신이 아니라,

사랑을 갈구하는 여신이다.

앵무새 죽이기

'너 어디 가서 그런 말 하지 마라.'

유명 작가 A에게 술자리에서 들은 말이다.

그 술자리는 작가 지망생들이 모인 자리였다.

나는 모 출판사의 불공정 계약에 관해 말하고 있었는데, A는 갑자기 내 말을 끊어버리고는 위처럼 말했다.

이유야 여러 가지일 것이다.

A가 그 출판사에서 주관하는 문학상을 받았고, 이후 그 문학상 심사위원으로 활동했다는 점을 곱씹으며 나는 조심히 그 이유를 유추해볼 따름이다.

약 1년 뒤에 그 출판사와 관련해서 각종 심각한 문제가 터졌고, 한 작가가 절필 선언을 했다.

그러나 달라진 것은 없었다.

출판사는 사과했지만, 문학상은 남았고,

시스템은 지속됐다.

A가 이긴 셈이었다.

이 업계에 발을 살짝이라도 담근 사람이라면 모두 알고 있는 사실이었다.

앞에서는 감히 그분들의 눈 밖에 날까 말하지 못했고, 모두 뒤에서 안주를 씹으며 중얼거릴 따름이었다.

A가 옳았다.

말을 꺼내면, 문학상 심사에서 탈락하고,

후보에조차 올라가지 않는다.

가끔은 어디에도 적을 두지 않은 내가

다행이라고 생각한다.

버리는 삶

✳

　재건축, 재개발 소식이 들려오고 있다. 80년대 대량으로 보급되었던 건축물들이 하나둘씩 사라져가고 있으며, 그 자리엔 휘황찬란한 건물들이 들어선다고 한다. 내가 유년 시절을 보냈던 집도 그러한 건축물이었다.

　그 집은 2층짜리 단독주택으로 지극히 대중적이었다. 문은 녹이 슨 철문이었고, 시멘 계단은 여기저기 깨져 있어 조심히 올라야 했다. 계단 아래에는 1층 세입자들이 쓰는 외부 화장실이 있었으며, 여름철에는 냄새가 지독하게 올라와 용변이 급하지 않는 이상 쓰지 않았다. 우리 가족은 2층에 살았는데, 시골집에 가면 자주 보이는 나무문과 누렇게 뜬 바닥재가 집안을 이루고 있었다. 창은 미풍에도 깨질 것 같이 큰 소리를 내었으며, 밤에는 가로등의 빛을 받아 찌그러진 원 모양을 그려놓았다. 최근 나는 기사를 통해 내가 살았던 집을 포함한 여러 단독주택을 허문다는 소식을 들었다. 그런데, 내가 알지 못하는 사실을 하나 들었다.

내가 살던 곳은 쓰레기장 위였다.

✳

대구시 북구 평리동 지반은 쓰레기 더미로 이뤄졌다. 조금만 땅을 파고 내려가도 썩지 않는 쓰레기들을 발견하게 된다. 비닐봉지나 플라스틱 쓰레기들이 경주에서 유물 발굴하듯이 튀어나온다. 이러한 쓰레기 더미 위에 흙이 쌓아 올리곤 그 위에 집을 지어 올린 것이다. 당연히 이 쓰레기 더미로 이뤄진 지반이 단단할 리는 없다. 지진이 나거나, 비가 많이 오면 민둥산에서 산사태라도 나는 것처럼 지반 자체가 무너져 내린다. 이 지반을 갈아엎는 비용만 해도 엄청났다. 물론 우리는 세를 들어 살았기에 재건축에 따른 금전적 이득 혹은 비용은 없었다.

나는 꽤나 큰 충격을 받았다. 단지 내가 살던 곳이 일제 강점기부터 70년대까지 쓰레기장이어서가 아니다. 당시 우리 집 옆 공터에서 할아버지께서는 작은 호박밭을 일구셨는데, 우리 가족 모두 그 호박을 먹고 살았다. 큼직하지는 않았지만, 나름 속이 찬 것들이었다. 모두가 없는 살림이라 이웃들도 함께 나눠 먹었다. 호박 속을 쇠숟가락으로 파내어, 죽을 끓여 먹거나, 삶아 먹었다. 그런데 그 모든 것이 쓰레기더미 위에서 자란 것이라니. 나는 배신감을 느낀다.

변변찮은 농사꾼이셨던 할아버지는 당연히 이러한 사실들을 알지 못하셨다. 저돌적인 주택 보급과 수요 폭발로 쓰레기장 위에 집은 지어졌고, 그곳에서 나온 음식들을 아이들이 먹었다. 만약 당신께서 이 사실을 아셨더라면, 우리에게 호박을 먹이진 않았을 것이다. 이 모든 과정은 돈을 위해서 아주 매끄럽게 진행되었다. 어떤 도덕적 결정이나 판단 없이 말이다. 나는 그것이 내게 끼친 영향에 대해 짐짓 고민해본다. 아무래도 거미줄처럼 눈에 보이진 않지만 미세하게 내 굴곡진 삶과 연결되어 있으리라 생각한다.

✳

곧 쓰레기 대란이 온다고 한다. 서울시에선 인천시와 쓰레기처리장 문제로 갈등이 심화하고 있다. 행정 소송까지도 이어질 모양이다. 비단 우리나라만의 문제는 아니다. 미국, 일본 등 선진국에서도 쓰레기 처리는 인구가 증가함에 따라 매우 큰 골칫거리가 되고 있다. 1인당 배출되는 쓰레기는 점점 많아지고 있는데, 매립할 공간은 점점 사라지고 있다. 가져다 묻기만 하면 끝나는 걸까? 묻어서 보이지만 않는다면 끝나는 걸까?

점점 나처럼 쓰레기 더미 위에서 자란 아이들이 많아질지도 모르겠다. 아니, 어쩌면 태어날 모든 아이가 그렇게 될지도.

애린 왕자

21년도 상반기 초에 베스트셀러에 오른 책이 하나 있다.

바로 '애린 왕자'이다.

생택쥐베리의 '어린 왕자'를 경상도 사투리로 바꿔 출간한 것이라 한다. 나는 사람들이 이렇게 사투리를 좋아할 줄 몰랐다. 짧게 줄여 말하는 왕자의 말을 보며 사람들은 웃었다.

국립국어원에서는 비표준어라 뭉뚱그려 말하고, 촌스럽다며 내 말투를 꺼리는 사람들의 반응과는 전혀 달랐다.

초등학교 3학년 때, 나는 서울로 전학을 갔다.

아이들은 내 사투리를 촌스럽다고 놀려댔다.

말을 할수록 아이들과는 멀어져갔다.

물과 기름처럼 나는 서울에서 적응하지 못했다.

애린 왕자를 보고 웃는 사람들이 그때 그 사람들 같다.

프로 불편러가 되어버린 것 같다.

인스턴트 러브

틴더, 아만다 같은 소개팅 앱의 등장은

사랑마저 익명으로 기능하게 했다.

오직 외모와 몇 줄의 자기소개만으로 서로를 판단하고,

대화가 시작된다.

섹스에 이르는 과정은 훨씬 수월하다.

오프라인에서 만난 이들은 서로의 이름, 나이, 전화번호

등을 묻지 않는다.

서로의 닉네임을 부르며, 술을 마시거나,

밥을 먹다가 곧장 장소를 옮겨 섹스를 한다.

섹스에 사랑은 곁들임에 불과하다.

그것은 아주 휘발적이고, 무의미하다.

섹스가 끝나고 나면, 사랑은 어느덧 없다.

아니, 애초에 없었을지도 모른다.

둘은 시답지 않은 이야기를 나누고는

바로 헤어진다.

상대는 이미지로만 남아 머릿속을 떠돈다.

앱이야 지워지면 그만이다.

휘발적인 사랑은 기름처럼 쉽게 사라지지만, 삶에 깊게 베인다.

작가로 살아남기

최선의 방안은 서울에서 빠져나오는 것이다.

지방과 서울의 월세 차이는 두 배, 혹은 그 이상이다. 그리고 반지하보다는 지상에서 햇볕을 받으며 글을 쓰도록 하자.

대부분 사람은 밝은 빛 아래에서 책을 읽는다.

식료품은 코스트코 같은 대형마트를 이용할 것. 그것도 오랫동안 냉장고에 저장할 수 있는 것으로. 먹는 것을 최소한으로 줄이고, 책상에 오래 앉아 있을 것. 산책과 등산을 즐기고, 커피는 집에서 내려 먹을 것. 책은 도서관에서 찾아 읽고, 넷플릭스는 4인용 계정에 들어갈 것. 겨울에는 두꺼운 옷을 실내에서도 입고 지낼 것. 여름에는 화장실에서 찬물을 뒤집어쓸 것.

그리고 가장 중요한 것.

계속해서 쓸 것.

작가 노트

작가 노트를 따로 써놓지 않는다.

내 생각은 항시 변하기에 그것을 굳이 글로

남겨두고 싶지 않다.

어쩌면 비겁하기 때문일지도 모르겠다.

내가 소설을 쓰기 시작한 것도 그런 이유

때문이겠지.

얼마든지 문학이라는 껍데기로 포장할 수 있는 데다,

나는 그렇게 생각하지 않았다며

물러설 수도 있을 테니.

사실은

솔직히

사실은

어쨌든

그래서

아무튼

이것들 뒤에 나오는 말들을 믿지 않으려 한다.

영이 아니라 녕

병원 접수처에서 나는 이 말을 꼭 한다.
'영이 아니라 녕. 안녕할 때, 그 니은
녕이에요.'
준녕, 이라는 이름은 주변에 잘 없다.
준영, 주녕, 주영 등 사람들은 내 이름을 자주 오도한다.
심지어 오 년 지기 친구도 나를 준영으로 알고 있었던
적도 있다.
내 이름은 절에서 지어왔다.
거기 스님은 내 이름에 꼭 영이 아니라 녕을 넣어야
한다고 말씀하셨다.
고위 공무원이 되기 위해서라 했다.
나는 가끔 이름이 중요하다는 말을 들으면
생각한다.

동그란 이응이 아니라, 각이 진 니은이 있어 원만하게 살지 못하고 이리 비껴가듯 살아가고 있는 것이라고.

OK! COMPUTER

효율성, 효과성, 경제성

이 세 가지는 세상을 지배하는 가치이다.

세 가지는 다른 모든 가치를 씹어먹을 힘을

지니고 있다.

자본주의가 오늘날에 살아남은 이유는

이 세 가지 가치를 보장했기 때문이다.

Radio head의 'OK! COMPUTER' 앨범에서
영감을 받았음.

사업과 예술

둘의 차이는 시각의 차이이다.

사업가 시각에서 예술은 사업의 일환이고,

예술가 시각에서 사업 또한, 정교하게 다듬어진 예술이다.

돈을 좇지 않는 사람은 없다.

돈이란 필수불가결한 존재이다.

룸펜

내가 속한 연세문학회의 별칭은 룸펜roompen이다. 문학회 부원이 되기 전까지 전혀 들어본 적 없는 단어였다.

방과 펜의 조합이라니.

케첩과 마요네즈의 합성어인 케요네즈가 내게는 더 익숙했다. (실제로 미국 현지에서 팔고 있고, 맛있기도 했으니.)

나는 처음 이 단어를 듣고 골방 속에서 피를 토해내며 글을 쓰는 작가를 연상했다.

배경은 일제강점기나 독재 정권 치하.

이상, 김유정 등 유명한 한국 작가들은 대부분 그렇게 살다가 죽었으니 익숙한 이미지이기도 했다.

퇴폐미라 해야 하나, 덩달아 제임스 딘이나 잭 케루악도 떠오르며 (외모가 그에 한참 미치지 못하면서도), 나는 그 단어 하나가 주는 작가라는 타이틀에 매료되어버리고 말았다.

뒤풀이 자리에서 우리는 으레 우스갯소리로 'lumpen(둔한)'을 'roompen'이라 짓눌러 부른 것이 아닐까 하며 돈 못 버는 이 짓에 목숨을 거는 스스로 자조하기도 했다.

작가라는 직업을 선택하기까지 많은 포기가 필요했다. 돈, 권력, 건강, 그리고 안정된 삶부터 결코, 누구 하나를 온전히 사랑할 수 있을 기회까지.

이렇게 포기해서 얻은 것은 단 하나.

쓰는 자유였다.

룸펜. 2

　사실, 난 골방에서 글을 쓰지 않는다.

　카페같이 여러 사람이 혼재된 공간에서 글을 쓴다. 내
코앞에서 수십의 사람이 자기 허벅지를 쳐대며 웃어대도,
그냥 쓴다.

　다만, 장소를 선정하는 기준은 몇 있다.

　의자의 쿠션이 푹신했으면 한다.

　소설가는 척추로 글을 쓴다는 말이 있듯이,

　쿠션도 글에 지대한 영향을 미친다.

　뒤로는 벽으로 막혀 있었으면 한다.

　아직 영글지 못한 내 글을 누가 보지 않기를 바란다.

　노트북 너머로 다른 손님들을 훔쳐보며,

　영감을 받기도 한다.

　그러면서도 내게 점원이나 사장님이 눈치를

　주지 않는 장소였으면 한다.

대게 동네 카페에서 노트북을 꺼내 들면
보이지 않게 눈치를 받는다.
넉넉하게 시키려 하지만, 얇은 주머니 사정
때문에 커피로만 배를 채운다.
언젠가는 골방을 얻을 수 있을까.
널뛰기하는 서울의 집값을 보며, 더운 속을
커피로 식힌다.

룸펜. 3

요즘에는 골방이 더 비싸다.

지하 2층에 창문은 당연하게 없고, 곰팡이가 벽에 가득 핀 방이 월세 30을 넘긴다.

층을 조금이라도 높이면 한 달 커피값이나 월세로 더 내야 한다.

지방에서 글을 쓰면 안 되겠냐는 말도 하겠지만, 모든 것이 서울에 집중된 한국에서는 어려운 일이다.

대부분 문학 관련 행사는 서울에서 열려서, 그 언저리에는 발을 담그고 있어야 떨어지는 콩고물이라도 받아먹을 수 있다.

그러면 불평하지 말라는 말도 할 수 있겠는데, 이건 불평이 아니다.

불평은 타인에게 어떤 해결을 바라야 하는데, 나는 어떤 해결도 바라지 않는다.

나는 단지 룸펜이란 단어가 과거와 달리 오늘날 작가들을 지칭하기가 어렵게 되었음을 당신에게 말하고 있다.

이제 작가들에게는 돌아갈 방도 없고,

방이 있다 해도 성하지 못한 곳이 대부분이다.

골방에서 죽어가던 사람들은 이제 길 위에서 죽어간다.

게스트하우스

나는 외향을 가미한 내성적 성격이다.

사람과 함께하는 시간을 즐기지만, 그것은

하루 중 극히 일부다.

대부분 시간에는 혼자 있기를 즐긴다.

종종 대화를 주도하고, 내 이야기를 많이 하기도 한다.

농담도 잘 던지고, 깐죽거리며 분위기를 살리려 한다.

놀기는 또 가볍게 논다.

이후에는 글을 쓰고, 책을 읽고, 바다 보는 일을 즐긴다.

하루의 절반을 침묵하며, 애써 만남을 피하려 한다. 그러니

갑자기 슬쩍 밀려도 상처받지 않았으면 한다.

나란 사람이란 참.

게임과 스토리

존 카맥은 '게임에서의 스토리는 포르노에서의 그것이라 했다.'

나는 다르게 생각한다.

때론, 스토리가 게임의 전부일 수도 있다.

독毒

담배를 피우고, 커피와 술을 마신다.

독을 약이라 믿으며 속에 밀어 넣는다.

물론 나도 그것들이 독임을 알고 있다.

그러나 순간적으로 작용하는 효능은 가히 약효라 부를
만하다.

터질 것 같던 머리가 진정되고, 써지지 않는 글이 써진다.
무뚝뚝한 경상도 남자로 하여, 사랑을 말하게 하기도 한다.

더불어, 삼대三代가 그것을 꾸준히 해왔으니,

내 수명의 척도도 어림잡을 수 있다는 게 또 장점이다.

나는 할아버지만큼만 살았으면 한다.

당신께서는 큰 지병 없이 사시다가 일흔여덟에 수면 중
에 노환으로 돌아가셨다. 밥도, 술도 꾸준히 드셨고, 담배
도 하루에 한 갑씩 태우셨다.

담배는 끊은 지 오래지만, 할아버지와 달리 식사를 자주

거르니 어느 정도 독毒의 균형이 맞지 않을까 싶다.

독을 벽처럼 쌓아놓고, 나를 향해 쓰러질 날을 기다린다.

도전

하나로는 먹고 살 수 없다.
요즘 같은 세상에서는 말이다.
늘 새로운 영역에 도전해야 한다.
부지런히 움직여야 한다.
영원히 일해야 하는 것이 저주인지,
축복인지는 아직 모르겠다.

죽은 가치

본능은 무당의 주술에.

샤머니즘, 애니미즘은 과학주의에.

과학주의는 종교 절대주의에.

종교 절대주의는 다시 과학주의에.

과학주의는 음모론에.

죽은 가치. 2

관중들은 이상적 인간의 틀을 허공에 세워놓고, 끊임없이 타인을 재단한다.

틀에 조금이라도 맞지 않는 인간은 몰리고 몰려 극단까지 밀어붙인다. 관중들은 극단에 선 인간을 향해 야유하며 선택을 부추긴다.

그렇게 죽은 사람 앞에는 추모가 따르고,

죽지 않은 사람 앞에는 꼬리표가 붙는다.

자기계발서

책에서 나온 말들을 믿지 않는다.

그들이 당신보다 나은 삶을 살았다는 증거는 어디에도
없다.

천변을 떠도는 거지의 삶이나 한강을 내려다보는 부자의
삶이나 경중은 없다.

MONEY FLOW

돈을 위해 살고 싶지 않다.

돈을 위해 쓰고 싶지 않다.

글을 쓰고,

돈을 쓰는

삶이란.

사양 산업

출판업은 사양 산업이다.

사람들은 영상의 시대에 살고 있고, 이는 더욱 가속화될 예정이다. 나도 하루 중 책을 읽는 시간 보다, 영상을 보는 시간이 더 많다.

넷플릭스에서 드라마를 보고, 유튜브에서 정보를 찾으며, VR을 머리에 끼우고서 게임한다.

자극적인 만큼 쉽게 질린다.

얻어맞은 복서처럼 자리에 앉아 책을 꺼낸다.

활자를 훑고, 상상한다.

장인의 칼날처럼 잘 버무려진 이야기들은 나를 꿰뚫는다. 한번 스며들기는 어렵지만, 스며들고 나면 빠져나올 수 없다.

누구는 내게 왜 영상을 찍지 않고, 글을 쓰냐 묻는다.

그에게는 한 번 웃어주고 만다.

굶어 죽지는 않을까 싶다.

미래 철학

니체는 자기 철학을 미래 철학이라 했다.

전체주의와 종교 절대주의가 만연한 가운데, 개인의 의지와 발전을 중시한 니체 철학이 돋보이는 것은 당연한 일이다.

문제는 이 미래가 과연 황금빛이냐는 것이다. 미래가 항상 좋지만은 않다. 우리는 오늘보다 내일 못 사는 세상에 살고 있다.

부동산은 폭등하고 있고, 월급은 제자리이다.

여기서 니체의 철학 중심에 있는 위버맨쉬는 오늘날 악당의 모습을 하고 있다.

자기 테러를 신의 부름이라 말하며 웃는 테러리스트와 아무렇지 않게 경제 원리를 말하며 가난한 자의 돈을 빼앗는 부자들은 니체의 세상에서 위버맨쉬의 지위를 가진다.

나는 니체의 철학이 두렵다.

잘 드는 칼은 고기를 썰기도 하지만, 자칫 사람을 찌르기도 한다.

영원불멸

영원하기 위해서는 자신을 멸滅해야 한다.

고대 그리스 철학자 엠페도클래스는 사람들이 자신의 시체를 발견하지 못하게 하려고 화산에 몸을 던졌다. 신처럼 사람들에게 남고 싶어서 그랬다고 한다.

학자들은 삶의 본능이 죽음과 결합한 이 현상을 엠페도클래스 콤플렉스라 부른다.

예술가의 작품들은 예술가의 죽음 즉시 가격이 치솟는다. 언론에서는 그제야 그를 찬양하며 눈물을 쏟는다.

산 자가 한국 화폐의 얼굴을 장식하지 않는다.

사라질 것이 사라져야 영원한 것들이 영원히 남는다.

03

구원을 가장한
농담들

구원

문학은 우리에게 구원을 가져다줄 수 없다.

마치 물음에 답이 있는 것처럼 유명인사의 책을 수십 번 읽어도 당신은 구원을 얻을 수는 없다.

문학은 그 존재가 한없이 가벼워서, 누군가 내게 가장 먼저 삶에서 버릴 것을 꼽으라 한다면, 문학을 꼽을 것이다. (물론 글을 쓰는 것과 문학은 다르다.) 현실이 힘들면 가장 먼저 버려지는 것이 문학이다.

그러니, 작가를 선생님이라 부를 필요는 없다. 그는 단지 당신보다 글쓰기 능력이 다소 뛰어날 뿐이다. 그가 대중 앞에서 마이크를 잡고 있다 해도 따를 필요는 없다.

그는 단지 당신보다 언변이 다소 뛰어날 뿐이다.

구원. 2

애초에 나는 남이 주는 구원은 없다고 믿는다.

내가 아닌 누군가가 나를 구할 수는 없다.

내게 손을 건넸다고 해서 그 손짓이 오래갈 것이라 믿지 않는다.

그가 손을 놓을까, 그의 눈치를 보게 된다면, 그것은 진정한 구원이 아니다.

구원 가까운 무엇은 스스로 현실이라는 땅을 짚고 일어설 때야 엿볼 수 있다.

노동의 종말

부동산 가격은 감히 쳐다보기 힘들 정도로 오르고, 주식 가격은 날마다 널뛰기를 한다.

이런 상황에서 노동의 의미는 희미해져 간다.

열심히 머리를 싸매고 일해봤자, 부모에게 건물 하나 물려받은 백수 친구가 자기 연봉의 몇 배를 한 달 만에 번다. 오늘날 많은 사람이 느끼는 패배주의는 이러한 자본의 차이에 의해 발생한다.

베버는 근대 자본주의의 탄생이 프로테스탄트 윤리와 밀접하게 관련되어 있다고 말했다. 프로테스탄트 윤리는 근면, 성실의 가치를 앞에 내세웠는데, 자본의 압도적 차이가 만들어 낸 오늘날 사회 현상은 이러한 근면, 성실을 부정하는 역설적인 상황을 만들어 냈다. 자본주의를 이루는 모든 가치가 상호 보완적인 것은 아닌 것은 알겠으나, 오늘날 자본 차이에서 기인한 패배주의는 자본주의 자체를 위협할 만하다.

유전자

인생에서 바꿀 수 없는 것이 대부분이라 믿는다. 어쩌면 패배주의처럼 들릴지도 모른다.

디즈니 애니메이션이나 감동영화처럼 사랑으로 모든 것을 해결할 수 있다면 얼마나 좋을까?

뜨거운 눈물로 죽은 사람이 깨어나고, 악한 사람이 착하게 되는. 나는 중학생 때, 리처드 도킨스의 '이기적 유전자'를 읽었다. 이 책에서는 어마 무시한 표현이 나온다.

'유전자를 운송하는 기계'

물론, 인간을 포함해 모든 생명체를 지칭하는 말이다. 이 표현에 대해 도킨스의 의도가 무엇이든, 나는 종종 우리가 유전자에서 멀어질 수 없음을 뼈저리게 느낀다.

우리의 몸은 유전자의 확장된 표현형이며, 그것에서 벗어나기에는 근본인 유전자에 매여 있다.

온몸을 기계로 개조하는 사이버 펑크 시대가 도래한다고

해도, 뇌는 바꾸지 못할 테니 우리는 이 지긋지긋한 감옥에 평생 갇혀 살아야 하는 셈이다.

더 나아가 부모 세대로부터 전해지는 자본과 정신적 경험은 개인을 붙들어 놓기 충분하다.

의식

의식은 물질 간 상호작용의 부산물이다.

달리 말하면, 의식이란 뇌 속 수많은 뉴런이 우리가 섭취한 영양을 바탕으로 전기 신호를 받고, 보내면서 생겨나는 일종의 전기 구름인 셈이다.

이 전기 구름에 영혼이나 자유의지가 존재할 틈은 없다.

우리의 선택은 모두 생존 본능과 과거 행동의 영향, 타 사례 참조를 통해 이미 결정된 것이다.

완전히 유물론적인 관점이다.

나는 이 관점을 믿는다.

인간의 선택에 고귀함은 존재하지 않는다.

선이라 해도 그것들은 그 개체에 유리하게끔 계산된 것이며, 확률에 따라 결정된 것이다.

유전자와 의식

언급된 두 글을 통해 내릴 수 있는 결론은 두 가지다. 하나는 패배주의에 순응하여 인생을 주어진 대로 사는 것이다. 나의 모든 잘못은 유전자 탓이며, 개인의 발전은 존재하지 않는다. 나는 한동안 이 같은 패배주의에 깊이 빠져 있었고, 지금도 가끔 패배주의적인 생각을 한다. 부모에게서 나는 벗어날 수 없다. (그런 생각으로 만들어진 작품이 '개는 개를 낳는다'이다.)

다른 하나는 니체의 철학대로 살아가는 것이다. 설령 부정적 운명이 우리를 기다리고 있다 해도, 인간은 그 속에서 열렬히 몸부림치며 운명에 당당하게 맞서야 한다. 비효율적으로 보일지도 모른다. 이미 운명은 정해져 있는 마당에 발버둥 치는 모습이란 선뜻 내키지도 않는다. 다만 나는 믿는다. 인간은 비합리적인 존재이며, 언제든 판단이 틀릴 수도 있다는 것을.

내 판단 또한, 틀렸고, 발버둥을 치면서 더 나은 사람이
될 수 있었으면 한다.

나는 내가 틀렸기를 바란다.

늙은 사회

태어나는 아이는 없고, 늙어가는 사람만 가득하다. 평균 연령은 계속해서 높아져 간다. 사회 문제와도 필히 연관이 있으리라 믿는다.

늙은 사람과 비교해 상대적으로 젊은 사람들은 수용적이다. 그들은 책임질 것이 적고, 경험도 전무하며, 사상적 토대도 견고하지 않다. 그렇기에 새로운 것에 빠르게 적응하며, 다름을 쉽게 받아들인다.

그러나 늙은 사회는 다르다. 축적된 경험이 수용을 막고, 본인들의 주장을 뒷받침하는 증거들로만 눈을 가린다. 오늘날 양극화가 진행되고 있는 우리나라의 모습이다.

물리적 늙음은 방지할 수 없지만, 다행히 정신적 늙음은 소거가 가능하다.

읽고, 듣고, 쓰자.

그것도 최대한 많이.

종류를 가리지 않고.

그러면 조금이라도 열린 사회가 되지 않을까 싶다.

어쩌면 만약에

✳

불행한 사람일수록 과거를 헤맨다. 술에 취해 자신이 과거에 어떤 사람이었다고 으스대는 이들이 대표적이다. 이들은 대부분 현재가 비루한 사람들이다. 반대로 과거를 헤매는 사람이야말로 현재가 불행한 사람이기도 하다. 속된 말로 오늘 잘 나가는 사람들은 현재를 말하기에도 바쁘니까. 이처럼 불행과 과거를 헤매는 행동은 깊은 연관성을 가진다.

이렇게 '과거를 헤매는 자'들은 머릿속 수많은 시간의 분절점에서 자신이 선택하지 않았던 선택을 하려 한다. 비트코인을 샀었더라면, 다른 곳에 취직했었더라면, 유학을 갔었더라면, 결혼하지 않았더라면, 아이를 낳지 않았었더라면, 더 좋은 삶, 더 나은 삶이 자신에게 기다리고 있었을 텐데. 지금 이리 아프진 않을 텐데.

다행이다. 그곳에서라도 긍정적이니.

✳

사람들은 이러한 긍정을 패배자의 망상이라 말한다. 더불어 이 '가짜 긍정'을 강한 중독성을 가지고 있으며 사람을 끊임없이 환상으로 내모는 마약이라 칭한다. 이러한 논리 아래 사람들은 '과거를 헤매는 자'들을 계몽해야 한다는 도덕적 신념을 가지게 된다. 주로 젊은 층에서 이런 사람들이 종종 등장한다. 이들은 과거를 헤매는 자들을 패배자라 욕하며 과거라는 도피처에서 벗어나라 요구한다.

그럼에도 사람들은 그들이 왜 과거를 헤매는지는 알려 하지 않는다. 그들이 왜 현재 불행한지는 알려 하지 않는다. 사람들은 그저 그들이 과거에서 벗어나기만 하면 행복한 삶을 살 것이라 여긴다. 겉으로 드러난 현상만을 때리면 자연스레 원인 또한 사라질 것이라 여긴다.

그럼, 사람들은 그들을 욕할 자격이 있는가? 그들의 도덕적 우위는 대개 물질적 우위에서 나온다. (여기서 물질적이란 단순히 돈과 같은 자산뿐만 아니라 나이 등 정신 외적의 모든 것을 의미한다.) 그들보다 나는 젊으니 괜찮다. 그들보다 나는 아름다우니 괜찮다. 그들보다 나는 더 좋은 집에 살고 있으니 괜찮다. 자신이 도덕적 우위를 가졌다는 착각에 빠진 사람들은 불행한 자의 과거 환상을 무참하게 욕보인다. 사람들은 말한다.

'그때는 그때고요. 요즘 그렇게 옛날 일만 말씀하시면 꼰대라 불려요. 제발 현재를 사세요.'

그러나 그러한 긍정이 사라진 순간 과거를 헤매는 자는 죽는다.

✳

마냥 현재를 살라는 조언은 과거를 헤매는 자에게 독극물을 권하는 것과 같다. 과거를 헤매는 자는 자신이 불행해진 원인에 대해 어떤 해결점도 찾지 못한 것과 더불어, 어떤 위로도 받지 못하는 상황이다. 그런데 어떻게 불행에서 벗어날 수 있는가? 모든 게 그렇게 태어난 내 탓이고, 그렇게 선택한 내 탓이라는데, 또 그런 선택을 하지 말라는 법이 있는가?

그들은 현실에서 해결책을 찾지 못하니, 과거를 떠돌게

되는 것이다. 그런데 이러한 긍정 섞인 과거마저, 자신이 도덕적 우위를 가지고 있다고 착각한 대중에 의해 뭉개져 버리면, 과거를 헤매는 자는 더는 삶에서 쫓을 것이 사라져 버린다. 즉, 이상이 없어진다.

이상 없는 인간은 희망이 없는 삶을 산다. 희망 없는 사람은 죽는다. (혹은 죽음에 가까운 삶을 산다.) 더 나아갈 상황 자체가 없는데, 도대체 사람은 무엇을 위해 살아가는가?

✳

마냥 그들을 내버려 두라는 말은 아니다. 당신이 그들에게 일말의 애정이라도 있다면, 과거를 헤매는 자들의 말을 귀를 막지 말고 들어야 한다. 그들의 과거에서 실마리를 찾아 현재에 연결지어야 한다. 가장 염원하는 것이야말로, 가장 부족한 것이다. 현재와 미래를 살기 위해서는 과거의 아픔을 매듭지어야 한다. 이런 의도 없이 내뱉어진 말들은 조언이 아니라 그저 자신의 도덕적 만족을 위한 유흥일 뿐이다.

레트로

곰표 맥주, 천마 선물 세트 등 복고주의가 한창 유행이다. 한국에서 복고주의란, 주로 1970년 후반부터 90년대 말까지의 문화를 현재에 되살리려는 모든 행위를 일컫는다.

과거로 왜 우리는 가려 하는가?

대한민국 평균 연령이 상승한 것, 멈춘 경제 성장 등 다양한 요인들이 있겠지만, 그것 중에 내가 꼽는 주요 요인은 이것이다.

임계점.

우리 사회는 임계점에 도착했다.

기술, 물질적인 발전은 어떻게 바뀔지 몰라도(사이버 펑크를 생각해보자), 사상적 발전은 끝에 다가온 듯하다. 요즘 사회에서 새로운 사상을 들고 온 현자가 보이지 않는다.

대학교수나 베스트셀러 작가 등 모두 그 자리에서 과거

의 것을 끌어다가 세상에 외칠 따름이다.

오늘날 성인은 기존 성인들의 행위를 반복할 따름이고, 얼마나 그 행위를 현실적으로 행했는가에 초점을 맞춘다.

생각해보면, 발전하는 시대는 인류사 전체에서 매우 적었다. 나머지는 희망 없이 하루를 버티듯 살아가는 시대였으니. 희망 없는 사회는 과거를 좇을 수밖에 없나 보다.

교과서 문학

나는 문학을 처음 도서관에서 접했다.

어머니의 헌신 덕분에 경주 시립 도서관 어린이 코너에 있는 책은 모조리 읽을 수 있었다. 내가 문학의 길을 들어서는 데에 있어 가장 주요한 원인이 아닐까 싶다. 동화부터 아동문학까지. 거실에는 늘 책이 쌓여 있었고, 나는 그것을 계속해서 읽었다.

이어서 문학을 교과서에서 접했다.

지루했다.

정확하게 말하자면, 앞뒤 설명 다 자르고 글 전체 중 부분만 가져왔으니 상황도 정확히 이해가 가지 않고, 몰입도 되지 않았다. 본문 대가리에는 플롯이 요약되어 있었지만, 머리에 박히지는 않았다.

그러다 학교 도서관에서 우연히 교과서에 실려 있던 작품 전체를 보게 되었다.

충격이었다.

글에는 교과서에는 드러나지 않은 각종 인물의 악행이 묘사되어 있었고, 더 나아가 성적인 표현도 은근히 드러나 있었다.

누락된 문장들은 단순히 사춘기 소년의 욕구를 채운 게 아니었다.

그곳에서 자유를 느꼈다.

자유롭게 내 의견을 말할 수 있는 자유 말이다.

교과서 문학. 2

딱히 교과서 문학을 좋아하지는 않는다.

단편을 더욱 단편화하여 파편으로 전달하는 모습을 보면, 문학을 코딩 프로그램의 일종처럼 보는 것 같다.

문학에 실용을 바라니 이런 행태들이 나타나는 것 같다.

아이들의 독해력 향상을 위해,

~협회 존립 이유를 위해,

열정 없는 선생들을 위해.

문학은 '쓸모 있음' 위에 존재하지 않는다.

되려 가장 쓸모없으면서도, 우리 삶에서 가장 먼저 버려질 수 있는 무언가다.

기만

가끔 무엇을 써서는 안 된다고 나는 생각한다.

나는 이 나라의 매우 가난한 이들만큼 가난하지 않았으며, 범죄의 위협을 매일 느끼는 이들만큼 약자가 아니며, 당장 죽길 바라는 이들만큼 슬프지 않았다.

그들에게 내 글은 기만으로 느껴질 것이다.

'제까짓 게 뭔데.'

이 말이 들릴 때마다 쓰던 글을 멈춘다.

영어

좀처럼 영어를 쓰지 않다 보니, 쉬운 단어도 잘 기억이 나지 않는다.

일종의 기억 상실증 같은 것일까.

중국어나 일본어같이 지리적으로 가까운 곳의 언어는 얼마 배우지 않았음에도 기억에 오래 남는다.

영어를 얼마나 배워야 체화가 될지 모르겠다.

하루키는 영어로 소설을 쓴다고 하니, 나도 따라서 영어로 써야 할지도 모르겠다.

그러면 영어권 아이도 알아들을 수 있는 쉬운 문장으로 글을 쓸 수 있을 테고, 노벨 문학상이니 필즈 문학상이니 하는 상들을 탈 수 있을 테니까.

의미

작품에 쓸데없는 의미 부여를 하지 않는다.

나는 당신을 교육하고 싶지 않고, 그럴 여력도 없다. 당신이 어떻게 내 작품을 해석하든 모두 맞는 말일 수 있다.

그러나

작품 속 화자는 작가인 내가 아니다.

둘은 엄연하게 다른 존재이다.

나도 작품 속 화자를 좋지 않게 생각하거나, 비난할 때가 있다.

나를 그와 똑같은 존재로 여기지는 않았으면 한다.

영감

소설가를 사무실에 가두어 놓고 8시간 동안 글을 써보라 해보자.

주제는 자유, 대신 잘 팔리는 것으로.

그렇게 1년 동안 기다리면 대작이 나올까? 사람마다 다르겠지만, 나는 쓰지 못할 것이다. 결국, 글은 사람에 관해 쓰는 것이고, 사람에 관한 생각은 사람을 만나면서 나오는 것이니까.

그래도 가끔은 자기 가둠이 필요한 것 같다. 사람을 만나지 않고, 홀로 생각에 잠겨서 정리할 시간이 말이다. 내게는 그런 시간이 네게 연락해도 답장이 없을 새벽이다.

개도 그때는 잠들어 있다.

시뮬라르크

베네딕트 앤더슨은 자신의 저서 '상상된 공동체'에서 민족을 근대에 만들어진 개념이라 주장했다.

근대 이전까지 민족이란 느슨한 관념일 뿐, 일상을 지배할 만큼 강력한 개념은 아니었다. 앤더슨은 신문 등과 같은 매체의 발달과 근대 지도의 등장(통 차이)으로 민족이 탄생했다고 말하며, 1차 세계 대전 전후로 쏟아진 민족주의 문학과 태국의 지도를 예로 들었다.

실제로 민족은 국가와 일대일로 대응하는 개념이 아니다. 엄연히 둘은 다른 개념이며, 구분해야 할 필요성을 느낀다.

그러나 무엇보다.

두 가지 모두 만들어진 것이란 점이 가장 중요하다.

출산율 0

이데올로기 이전에 생사의 문제가 첫 번째였다. 고대 한반도는 농업을 우선으로 한 국가였고, 농업에는 노동력이 많이 필요했기에 출산을 장려했다. 노동력이 가정 내에 많으면 많을수록 생산량은 늘어났고, 생존에 우위를 점했다.

그러나 1940년대 이후 이데올로기 시대가 오면서 달라졌다. 공산주의*, 민족주의, 자유주의 등 사람들은 눈에 보이지 않는 유령들을 좇으며 공동체를 형성했다.

공동체 내부에서는 단합을, 외부와는 경쟁과 협력하며 일정한 세력을 형성했다. 이데올로기의 특징은 나눌수록 늘어난다는 점에 있다.

자원과 달리, 이데올로기는 한정적이지 않다.

---

* 수많은 분파가 있지만, 여기서는 통합해서 지칭하도록 말하겠다.

이데올로기는 모두에게 닿을 수 있었다.

이데올로기 아래, 목표는 정해져 있었다.

목표를 실현하기 위해서 개인은 무엇이든(심지어 자신의 목숨을 바치는 것도) 해야 했다.

가족은 이데올로기 실현을 위한 수단으로 기능했다.

부자들의 전유물

과거에는 문학, 음악 등 예술과 같은 특정 분야가 부자들의 전유물이었다.

이것들은 산업 사회가 되면서 대중들에게도 일부 허용되었고, 현대 사회에 들어서는 민주주의와 함께 대중들도 예술을 즐길 권리를 얻게 되었다.

그러나 뺏기는 것도 있었다.

여러 가지가 있지만, 나는 아이를 낳아 기르는 것이 그중 하나라 생각한다. 우리에게 늘어난 권리들만큼, 우리는 아이를 '그저' 낳아 기르지는 못하게 되었다.

아이가 태어나면 으레 과거 일부 계층만이 즐겼던 예술을 즐기게 해주어야 하고, 일부만 받았던 고등교육 또한 듣게 해줘야 하며, 결혼 혹은 사회 진출 전까지 남들과 비슷한 생활을 책임져야 한다.

우범 지대에서 아이를 키우는 것은 학대이며, 돈이 없어

아이에게 기회를 제공하지 못하는 부모에게는 죄인이라는 꼬리표가 붙는다.

보금자리 가격은 건드릴 수 없을 만큼 오른다.

아이를 낳아 기르는 것도 오늘날에는 부자들의 전유물처럼 느껴진다.

복수심

'과거의 어떤 사건을 계기로 누군가에게 해를 가하려 하는 마음'

내가 정의한 복수심은 위와 같다.

복수심을 가장 잘 표현한 작품은 박찬욱 감독의 복수 3부작일 것이다.

[복수는 나의 것], [올드보이], [친절한 금자씨]

어느 하나라도 보지 않았다면, 보길 바란다.

충분히 그럴만한 작품들이다.

위 작품을 보고 내가 복수심에 내린 결론은 하나다. 복수심은 마음이 아니라 '또 다른 나'이다. 그 '또 다른 나'는 복수의 과정을 겪으면서 원래의 나를 집어삼키고 파멸로 이끈다.

그러나

그 '또 다른 나'도 결국, 나라서 파멸의 끝은 재탄생이며 결과물은 달콤한 독이다.

출산율 0. 2

90년대 이후, 소련이 무너지며 자본주의가 승리했다. 자본주의는 본질은 그대로인 채로 모양과 형태만 변한 상태로 세계를 점령했고, 우리의 일상에 너무 깊게 스며들어버렸다.

자본주의 외의 이데올로기가 가리킨 목표는 대부분 달성되거나, 다른 이데올로기와 충돌하며 와해됐다.

공허가 찾아왔다.

목표와 공동체가 사라졌고, 남은 개인은 외롭다. 의지할 곳 없는 개인은 생존을 위해 자본에 매달린다. 문제는 자본은 이데올로기와 달리 한정적이라는 것이다.

계층 간에 유대는 없고, 개인은 자본을 얻기 위해 경쟁에 매몰된다. 자본의 불평등함은 시간이 갈수록 가중되어 개인이 버틸 수 없는 지경에 이른다.

공허함은 '정상 가족' 개념을 무너뜨리고, 자본 부족은 전근대 문화를 희석한다.

우리는 출산율 0에 가까워지고 있다.

디벨롭Develop, 디벨롭

정, 반, 합 과정을 통해 사회는 진보한다는 헤겔의 주장과 자본주의는 과정이고 결과는 공산주의라는 마르크스의 예언은 끝내 사회가 양의 방향으로 발전한다는 지점에서 공통분모를 가진다. 이는 과거 세대보다 현재 세대가, 부모보다는 자식이 '잘 살 것'이라는 낙천적이고, 희망적인 막연함과 연관이 되는데, 전쟁 세대보다는 산업화 세대가, 산업화 세대보다는 민주화 세대가 물질적으로 풍족하게 살아가는 한국 사회의 현상과 맞물려 이 막연함은 당연하게 여겨지고 있다.

틀린 말은 아닌 것 같다. 풍족함의 시대다. 삼시 세끼를 굶지 않아도 되고, 정보들을 무료로 쉽게 습득할 수 있으며, 정부는 시민들에게 순응하라며 총을 들이밀지 않는다.

그런데 정말로 우리는 풍족한가? 그리하여 우리는 행복한가? 정말 그러한가?

펑크! 와 사이버!

'사이버펑크 2077'은 위쳐 시리즈를 만든 **CDPR**에서 만든 게임이다. 잦은 버그와 광고와 다른 게임성으로 평이 좋지 않은 게임이지만, 나는 참 이 게임을 좋아한다.

이유는 스토리와 더빙 때문이다.

해외 패키지 게임에서 한국어 더빙을 지원해주는 경우는 거의 없다. 오랜 시간과 돈이 드는 것은 물론, 한국 게이머의 수가 많지 않아 하지 않는 게 이득이라 판단하기 때문이다.

이런 상황에서 등장한 '사이버펑크 2077'의 전면 한국어 더빙에 나는 일단 맛이 가버렸으며, 거기에 더불어 국립국어원식 더빙이 아닌 씨발펑크라 별명이 붙을 만큼 욕이 쏟아져 나왔으니 나는 수많은 버그에조차 전혀 상관하지 않고 게임에 빠져들었다.

여기도 씨발, 저기도 씨발, 말끝마다 씨발은 감탄사처럼 따라붙는다.

남녀노소 욕을 가리지 않는다.

나는 욕이 과하다는 의견에 동의하지 않는다.

범죄가 매일 일어나고, 몸을 기계로 개조하며, 기업이 국가를 장악한 시대에 욕을 하지 않을 수가 있을까?

앞으로도 이런 작품이 나왔으면 한다.

DOPE

한국에 '힙하다-'가 있다면, 미국에는 DOPE가 있다. 지금은 한물간 용어라고는 하지만, 어쨌든 둘 모두 비슷한 맥락을 지칭하는 단어이다. 아무리 한국어 사전을 뒤적여도 대체할 만한 단어를 찾기는 어렵다.

나는 그대로 'Dope-'하다고 적는다.

누구는 말한다.

한국 소설가라면 한국어를 써야 하지 않나?

왜 외래어나 외국어를 쓰는가?

이런 비판도 일리가 있다.

작가로서 나는 내가 일상에서 쓰는 언어를 사랑하고, 그것을 한계로 몰아붙여 당신에게 작품을 내놓아야 한다.

한국어로만 표현할 수 있는 표현도 분명 있지만, 오로지 한국어로 그리고 표준어로, 욕설도 없이, 맞춤법을 하나하나 지켜가며 사는 세계는 내게 없다.

피에타

미켈란젤로의 '피에타'는 현재 로마 산 피에트로 대성당 입구에 전시되어 있다.

죽은 예수를 안은 마리아의 모습은 보는 이로 하여금 경외감을 들게 한다.

그러나 피에타가 제작되었을 당시만 하더라도, 피에타는 신성모독이라 지적을 받았다. 당시 주요한 지적점은 마리아를 젊은 여자로 묘사한 것이었다. 더 노골적으로는 미켈란젤로가 성모인 마리아를 대상으로 하여 섹스 어필을 했다는 주장인데, 일부 주교들은 마리아가 아들인 예수보다도 어린 여성의 얼굴을 한 점, 몸매가 드러나는 점 등을 거론하며 미켈란젤로를 비난했다.

그러나 '신이라 불리던' 미켈란젤로는 아무렇지 않게 이 비난을 간단하게 무시해버렸고(교황의 전폭적 지지가 있었으니), 지금은 기독교 세계의 상징이 되었다.

나는 이것이 '퇴폐 몰락의 출발점'이라 생각한다. 과거 서양 여성성의 정점인 마리아를 위대한 예술가 미켈란젤로는 과감히 인간 세계로 끌어내렸고, 신성성에 가려진 부분들을 드러내기 시작했다.

이는 퇴폐의 시작이었고, 동시에 퇴폐 몰락의 시작점이기도 했다.

피에타. 2

퇴폐의 몰락을 말하기 전에 19세기부터 시작된 '변화하는 세계'를 말해야 한다.

이는 기독교로 대표되는 절대적 세계의 균열이 만들어낸 세상이다. 신이 중심이던 세계는 구원이 명확한 만큼, 혼란도 명확했다.

절대적 세계는 잇따른 전쟁과 산업화를 설명하지 못했고, 그에 생긴 균열은 인간을 무지의 지옥으로 밀어 넣었고, 순식간에 세계로 퍼졌으며, 끝내 세계를 무너뜨렸다.

무너진 가치 앞에서 사람들은 세계와의 사슬을 끊어냈다. 세계와 자아가 대치하면, 대게 절대 크기가 작은 자아에 아주 고통스러운 처벌이 뒤따르기 마련이다.

우리는 자유를 위해 발목에 묶인 쇠사슬을 풀기 위해서 발목을 잘라내야 했는데, 미쳤다고 손가락질을 받은 뒤샹과 같은 예술가들이 선봉으로 이에 앞장섰다.

그들은 무엇도 명확하면서 명확하지 않은 세계로 나아
갔다. 명확한 자들은 명확하지 않은 자들을 손가락질하
며 퇴폐적이라 말했다.

이는 21세기 후반까지 이어졌다.

피에타. 3

현대에 들어서 퇴폐는 몰락했다.

죽은 가치들 앞에서 자해와 자학은 일상이 되었다. USSR의 분열과 금융위기로 가시화된 자본주의의 매서움은 인간을 물질화하는 삶으로 몰아붙였다.

광고에 섹스 어필은 은근하게 스며든 것을 넘어 대놓고 표출되고 있고, 예술의 가치는 숫자로 정해진다.

이제 죽음을 말하는 사람은 특별하지 않다. 약으로 해결되지 않는 우울은 숙주를 죽음으로 몰고 간다.

어제는 옆 동네에서,

오늘은 옆집에서,

내일은 아마.

퇴폐는 몰락했고, 남은 자리에는 의미 없는 숫자들로 가득하다.

04

쓰는
농담들

논란

이 글을 읽어주는 당신께 진심으로
감사드린다.

쇼핑

코스트코는 대량으로 물건을 판다.

컨테이너로 쌓아놓은 모습에 충격을 받기도 했다. 싼 물건과 대량 구매라는 키워드가 만나 이것저것 카트에 쓸어 담는다.

카트의 크기도 대단하다. 일반적으로 볼 수 있는 카트보다 더욱 널찍하다. 최적의 소비를 위해 탄생한 운송 수단 같다.

사람들은 위에서 아래로, 아래에서 위로, 식품에서 공산품으로 일정한 물결을 만들어 낸다. 카트를 밀다 보면 나도 모르게 그들과 함께 정어리 떼처럼 몰려다닌다.

물건을 집어 들고 비교하며 카트에 담을 때면 그런 내가 자랑스럽기까지 하다.

아, 물론 계산하기 전까지는 말이다.

책을 필사하는 쥐들

가와나베 교사이는 메이지 시대의 화가이다. 그는 주로 동물 그림을 그렸는데, 작품 속에 정치적인 내용이 많아 고초를 많이 겪었다. 그의 그림 중에는 '책을 필사하는 쥐들'이라는 작품이 있다.

벌건 눈을 한 흰쥐들이 기모노를 입고서 책을 필사하고 있고, 뒤로는 검은 쥐 세 마리가 앞서 필사된 책을 옹기종기 모여 뜯고 있다.

쥐는 사회적 생물이다.

계급, 위계가 있고, 씨족 간 전쟁이 있으며, 강간과 같은 범죄가 발생한다. 우리와 크게 다르지 않은 모습이다.

누구는 기록을 통해 지식을 후대에 남기려 하고, 다른 누구는 지식을 갉아 자기 배를 불리려 한다.

검은 속을 한 일부는 앎으로 얻은 지식으로 투기를 일

삼고, 눈을 벌겋게 하고서 출근하는 당신들은 오늘도 살
아감에 열심이다.

작가의 벽

시간이 흐른 뒤에 내가 쓴 글을 보다 보면 부끄러울 때가 많다. 꼴에 문학가라고 나는 힘을 주어 문장을 다듬고, 나한테 없는 가치를 가득 담아 내용을 썼다.

내 삶을 잘 아는 이가 보면 이중적이라 욕할지도 모른다.

문제는 그때의 나는 그렇게 생각했었다는 점이다. 그때의 나는 머리에 뭐가 들어있었기에 그런 생각을 한 것일까?

내게 따지고 들면 할 말이 없다.

"작가님, 생각에 문제가 있는 것 같은데요."

"(그때의) 저는 그런 것 같아요."

"인정하시는 거죠."

"(그때는) 어쩔 수 없었을지도요."

"변명하지 마시죠."

"네."

작가의 벽. 2

작가에 있어 상업과 비상업의 차이는 '책을 쓰는 데 얼마나 고통을 받는가?'에서 나타난다.

비상업 작가는 그저 자기가 원하는 대로, 원하는 방향으로 글을 쓰면 된다.

편집부에서 내용을 쳐낸다고 하면 다른 곳에서 책을 내면 된다.

상업 작가는 다르다.

1) 대중에게 일명 '먹히는' 내용인지

2) 대중의 심기를 자극하지 않는 내용인지

3) 그럼에도 문학성을 갖추었는지(가장 고려하지 않아도 된다.)

더불어 0번 조건은,

돈을 얼마나 빨리 입금받을 수 있는지.

조이트로프

고대에는 마음이 심장에 있다고 믿었다.

감정과 본능은 심장에서, 이성은 머리에서 비롯되었다고 그들은 믿었다. 오늘날 우리는 머리에서 모든 의식 작용이 일어난다는 사실을 안다.

그래도 고대의 관점을 잠시나마 가져온다면, 뇌의 일정 부분마다 각자 의식에 관장하는 부분이 있을 것이고, 그것들은 조이트로프처럼 사람이 인식하지 못할 속도로 합쳐져 하나의 덩어리처럼 보일지도 모른다.

몇 가지를 잘라내면, 전혀 다른 의식이 나타날지도 모른다.

미세먼지

매일 먹는 밥에 따라 우리의 몸은 급격하게 바뀐다. 열량이 높은 음식을 먹으면 살이 찌고, 영양이 불균형한 음식을 먹으면 피부가 망가진다. 하루에 세 번 먹는 음식도 이렇게 우리의 몸에 큰 영향을 주는데, 늘 숨을 쉬는 공기가 우리에게 줄 영향은 상상하기가 어렵지 않다.

병이 없더라도, 언젠가 우리는 항시 마스크를 써야 할지도 모른다.

심지어 집에서도, 혼자 있는 욕실에서도. 미세먼지가 가득한 서울 하늘을 보며, 나는 소매로 코를 가리고서 숨을 참는다.

화풍

피카소의 작품을 시기 별로 규정짓듯이 내 작품들도 그렇게 구분될지도 모른다.

1. 우울의 시기 2. 기쁨의 시기

3. 돈에 미친 시기 4. 후회의 시기

이 정도로 구분할 수 있을까?

물론 분기점마다 작가가 변했다며 책을 덮는 사람들도 있겠지만, 재밌게 봐주는 이들도 분명 있을 것이라 믿는다.

작가의 생애도 하나의 작품이 될 수 있으니까.

한국문학계

문제야 열거하자면 끝도 없다.

불평만 늘어놓는다면, 거기서 그칠 따름이다.

관점을 조금은 밝은 곳으로 돌려본다면 그럼에도 우리나라 작가들은 언제나 무언가를 하고 있다는 것이다.

누군가는 어디든 구석에서 제 살을 깎아가며 타자를 두들기고 있다. 그렇게 만들어진 작품은 지극히 개인적이지만, 반대로 모두를 사로잡는다.

서점에서 진주를 찾듯이 책들을 찬찬히 읽다 보면, 문장이며, 내용이며, 우리나라만의 무언가가 있다.

나는 우리나라 문학을 믿는다.

이름

주인공의 이름을 결정할 때는 신중해야 한다.

이름에 따라 인물의 성격, 분위기 등 성향이 결정된다 해도 무방하다.

예를 들어, 민수이면 내 친구 민수를 떠올릴 수밖에 없고, 박정희면 누구는 전 대통령을 생각하겠지만, 나에게는 어머니를 떠오르게 한다.

글을 써가면서 인물과 내 주변인의 이미지가 결합해 내가 원하지 않는 방향으로 나아가지 않을 때가 많다.

가끔은 그 둘을 완전히 일치시켜 마음에 들지 않으면 고난을 주기도 한다.

참으로 소설가란 속이 좁은 인간이다.

심즈에서 시뮬레이터까지

이런 상상을 한다.

화성은 지구의 프로토타입이었다.

신은 화성인들을 너무나도 사랑해 모든 것을 해주었다. 단순히 먹고, 자고, 서로 사랑하는 것부터, 문화를 즐기고, 기술을 발전시키는 것까지. 신은 그들을 직접 움직여 살게 했다.

그러자 화성인들은 신의 도움 없이는 무엇도 하지 못하게 되었다. 아주 작은 행동도 신에게 의지해 행동하려 했고, 스스로 움직이는 법을 잃었다.

신은 그들의 행동 하나하나에 개입하는 것에 지쳤고, 끝내는 포기했다. 그나마 스스로 살아가는 몇을 골라내고는, 화성을 생명체가 살 수 없는 공간으로 만들었다. 신은 살아남은 몇을 지구에 두고서 저들끼리 살게 했다.

어떤 개입도 없이, 하나부터 열까지 말이다.

그 결과, 우리는 던져지듯 이 세상에 태어났고, 우리의 의지에 따라 움직인다.

신은 지금은 배달 온 피자를 받으러 갔을지도 모른다.

무지렁이 *

무지렁이는 한 부분을 잘라 버린다는 '무지르다'와 '-엉이'가 붙어 만들어진 말이다. 풀어보면 무지렁이라는 단어는 한 부분이 잘려 온전하게 기능하지 못하는 물건이라는 뜻을 가진다.

개인적으로 꿈틀거리는 지렁이가 단어에 들어있지 않아 다소 아쉬웠다. '머리가 없는 지렁이'으로 대강 생각해보았는데, 전혀 달랐다.

아주 먼 미래에는 내 단어 해석이 조금이라도 받아들여졌으면 한다.

언어란 꿈틀거리는 지렁이처럼 매일 앞으로 나아가고, 변주하는 것이니까.

---

* 무지렁이의 어원은 서울신문의 '우리말 여행' 코너 2009년 12월 15일 기사를 참고했음.

지루한 고백

창작물은 어떤 형태로든 재미를 독자에게 주어야 한다. 슬픔에서 얻는 카타르시스도 다른 형태의 재미라 생각한다.

생명체들은 남의 불행을 관음하며 행복을 얻는다. 허약한 동료가 잡아먹히는 장면을 무심히 바라보는 가젤들처럼.

포르노

포르노의 특징은 약간의 스토리 설정과 자극적인 성교에 있다. 나는 이런 포르노의 특징이 다른 문화에 이식될 때를 포르노화化라 부른다. 미리 말하는데, 나는 포르노를 부정적으로 바라보지 않는다.

오히려 개방해야 한다고 생각하지.

다시 돌아가면, 포르노화는 영상 매체의 시대가 되며 사회 전반을 아우른다. 사람들은 도저히 기다리지 않는다. 기승전결이 아니라, 기결결결을 원한다. 이는 시장의 트렌드를 가장 잘 받아들이는 댓글에서 찾아볼 수 있다.

다 필요 없고, 세 줄 요약.

이 문장이 포르노화를 적절히 보여주는 예시라 생각한다.

문화에만 한정되지 않는다.

정책은 바로 눈앞에 성과를 보여야 하고,

경제는 지금 나 자신에게 돈을 줘야 하며,

환경은 내가 위협을 받지 않기에 신경 쓰지 않는다.

포르노. 2

그래서 어쩌라고?

이렇게 묻는다면 할 말이 없다. 적절한 해결책이 있을까? 우리가 다시 조미료 없는 세계로 돌아갈 수 있을까?

없다.

최소한 강제적인 조치가 없는 한 말이다.

나는 이 포르노화에 있어서는 비관론자이다.

아이들이 긴 문장을 읽지 못한다더라,

이제는 세금을 많이 내야 한다더라,

지구 환경이 되돌릴 수 없게 됐다더라.

이렇게 문제가 눈앞에 닥쳐야 변하기 마련이다.

글쓰기의 최전선

글쓰기 초기에는 자신의 일부를 내어놓는다. 아직 온전한 자신을 드러내기는 두렵고, 방법도 알지 못한다. 드러낸 일부는 내 것인지 알지 못할 정도로 타인의 향기가 가득하다.

중기에는 가족을 비롯한 주변인들을 요리한다. 그들의 일부를 골라내고는 자신을 첨가한다. 요리라는 표현에 적합하게 많은 작가가 이 단계에서부터 타인에게 글을 판다. 퍼내면 퍼낼수록 차오르는 우물처럼, 밀려오는 자기 모습을 보며 놀라기 시작한다.

후기는 겪지 못해 알지 못하지만, 어깨너머로 바라볼 따름이다. 결국, 원점이다. 말미에는 스스로 꺼내놓는다. 묵혀놓은 술을 아들에게 내어놓는 노인처럼, 작가는 자기가 살아온 삶만큼 오래된 글감을 꺼내고, 쓴다.

긴장

팽팽하게 당겨진 관계는 긴장을 불러일으킨다.

이처럼 긴장은 어떤 평형을 유지하면서도 언제 한쪽으로 치달을지 모를 상태를 의미한다.

일명, 위기의 평형인 것이다.

우리 사회는 이 '위기의 평형' 속에 놓여 있다.

중간, 중립, 중앙이란 없고, 끝으로 갈라져

한쪽이 승리한 순간, 한쪽은 패배하게 된다.

갈등의 골은 깊어지고, 긴장은 더욱 증폭된다.

긴장이 증폭될수록 중심은 더욱 얇아지며,

줄어들고, 끝내는 끊어지게 된다.

김환기[*]

미술 작품이 고가에 거래되기 위해서는 세 가지가 필요하다. 국가의 영향력, 시장의 여력(크기), 작가의 능력. 김환기 작가의 작품이 수백억에 거래된 것도 이 삼박자가 맞아떨어졌기 때문이다.

본래 김환기라는 작가의 능력이 대단한 것도 있었지만, 한국은 오늘날에 선진국의 반열에 올랐고, 고가의 미술품을 거래할 시장(대기업 중심)도 매우 커졌다.

미술계에 불어온 바람이 한국 문학에도 영향을 미쳤으면 한다.

속된 이야기이지만, 돈이 있는 곳에 사람이 모이고, 사

---

[*] 유튜브 '김고흐' 참조.

람이 모인 곳에서 예술이 탄생한다.

16세기 피렌체가, 20세기 파리가 그랬다.

정전

오전 10시부터 오후 4시까지 정전이 되었다.

할 일 없이 개와 빈둥거리려던 계획은 물거품이 되었다. 산책을 시키려 했지만, 우리 집은 20층이었다.

나는 물론 개 관절에도 좋지 못했다. 설상가상으로 마실 물도 나오지 않았다. 미리 물을 떠놓았으나, 반나절을 쓰기에는 모자랐다.

노트북도, 핸드폰도 배터리가 모자라 꺼놓았다.

오랜만에 손으로 원고지에 글을 썼다.

하루키는 육필 원고를 고집한다.

어디서든 글을 쓰기 위해 환경을 최소화하기 위해서란다.

손으로 쓰다 보니 고심하게 된다.

쉽게 지울 수 없는 문장을 쓰려 한다.

그러다 보니 무엇도 쓰지 못했다.

갈무리

사람은 포기할 줄도 알아야 한다.

포기할 줄 모르고 도전하는 사람은

독선적인 자이다.

잠시 멈추자. 멈추고, 주변을 보자.

주변을 모두 보았으면, 나를 보자. 나는 무엇을 위해 그리 표독하게 살아왔는가?

소비하는 자는 언젠가 무언가를 생산해야 한다. 소비만 하고 살기에 이 세상은 매우 작고, 복잡한 곳이다.

글을 쓰기를 멈추어야 한다.

만들어진 위험

걱정 대부분은 일어나지 않을 것들이다.

그나마 일어난 걱정들도 걱정할 당시의 내가 막을 수 없
는 것들이었다.

나는 스스로 걱정을 만들었고, 불안으로

자신을 몰아넣었다.

허상이 실제를 압도하면서 병이 깃들었다.

이른바 만들어진 위험이다.

성난 자들

잭슨 폴록, 로스코, 데 쿠닝 등 미국 추상표현주의 화가들은 과거의 것을 좇는다며 뉴욕 메트로폴리탄 미술관에 항의 서한을 보냈다.

그들은 유럽의 아방가르드에 열등감을 느꼈고, 고전주의를 지원하는 자본가들에게 지적인 분노를 쏟아냈으며, 무無로 향한 회화에 좌절했다.

그들은 자신들을 '성난 자들'이라 칭했다.

오늘날 젊은 작가들도 마찬가지이다. 문학판은 소수의 것에 삼켜졌고, 문단 권위자들이 알음으로 주는 문학상에 분노를 느끼며, 우리 문학은 현실에 제대로 기능하지 못한다.

성난 자들은 독립 출판으로 몰려간다.

이들이 성공할지, 변모할지는 아무도 모른다.

하지만, 명심하자.

잭 케루악은 리바이스 청바지 홍보대사가 되고는 죽었
고, 체 게바라의 얼굴이 그려진 티셔츠는 미국 명품샵에
서 팔린다.

SF 앤솔로지

SF 하면 떠오르는 대상이 몇 있다.

우주, 우주선, 외계인, 사이보그, 워프, 발전된 기술 등 특정 이야기가 SF 장르로 분류되기 위해서는 적어도 위에 나열된 대상 중 두 가지는 포함이 되어야 한다.

이야기 배경이 지구이더라도, 발전된 기술을 사용하거나, 외계인과 관련되어야 한다.

몇몇 사람들은 SF를 허황된 이야기라 한다.

우리 삶에서는 일어날 수 없는 일이 대부분이니 그렇다고 한다.

맞는 말이다.

당신의 해석을 거치지 전까지는 말이다.

SF의 근간은 현실에 있다.

외계인이라 해도, 인간이나 생명체의 사고방식에서 벗어나지 않는다. 주어진 상황에서 행동하는 것은 인간이

다. 큐브릭 감독의 '스페이스 오디세이'도 상징으로 범벅
이다. (나는 이를 성경의 SF적 해석 버전이라 생각한다.)

 해석을 거치지 않으면, 성경조차도 무의미하다.

안전가옥

내부 고발자, 암살 대상, 정치적 망명자 등 다양한 사람들을 보호하기 위한 장소가 바로 안전가옥이다.

미국이나 유럽 등지에서는 갱이나 마피아의 복수나 정치적 보복으로부터 대상을 보호하기 위해 안전가옥 정책이 우리나라보다 더욱 발전되어 있다.

우리나라에서 안전가옥은 영화 같은 매체로만 접할 뿐, 그리 친숙한 대상은 아니다.

치안도 좋고, 강력범죄율도 다른 나라와 비교해 낮으니 그렇다. 대신, 한 번씩 벌어지는 보복 사건에 나는 깊이 우려를 표한다.

전쟁을 자주 겪은 나라의 군대는 강하고,

평화를 오래 겪은 나라의 군대는 약하다.

어쩌면 운명의 장난일지도 모른다.

구조 없음

내 몇몇 소설에는 줄거리가 부재한다.

영웅의 성장기나 추리소설에서 볼 수 있는 짜임새 있는 구조는 드러나지조차 않는다. 인물 몇이 나오고, 자기 할 말만 지껄이다가 하다 만 요리처럼 설익은 채로 끝이 난다.

낭만주의니, 미셸 푸코니, 말하고 싶은 바는 많으나, 나는 소설가이니 소설로 말하지 못했다면 실패한 셈이다.

몇몇 사람들은 내 소설이 소설이 아니라고 한다. 그들은 내게 작가가 될 자격이 없다며 손가락질한다.

그러나 난 그런 소설도 하나쯤은 있어야 한다고 믿는다. 소설이라 불리는 거대한 책장 한가운데는 아니더라도, 구석 모퉁이를 장식할 정도는 되리라.

힙HIP

메타볼릭한 단어다.

엉덩이를 뜻하기도 하지만, 우리는 일상에서 엉덩이보다는 '힙-하다'라는 표현으로 더욱 많이 쓴다.

누구도 정의할 수 없고, 단순히 힙-하다는 표현은 온갖 비언어적 표현으로도 온전히 받아들이기는 어렵다.

나는 내 소설이 힙-하기를 바란다.

한 문장으로 어떤가 정의 내릴 수 있기보다 눈짓, 발짓으로 몸을 꼬아야만 털끝만큼 느낌을 보낼 수 있는 힙-한 소설이기를 바란다.

신

저것들이 살아있다고?

3차원 축 위에 꾸물거리는 쟤네들이?

말이 되는 소리를 해.

저것들은 살아가는 시늉만 낼뿐,

실제로 살아있지는 않아.

자유의지?

그것도 우리가 구현한 거잖아.

그러니까 책임을 느낄 필요는 없어.

신. 2

그들이 우리가 살아있다는 걸 아는 순간,

말할 것이다.

'정말로 살아있었다고? 몰랐어. 그냥 재미로

그랬던 거라고.'

'가난, 기아, 질병, 전쟁, 학살, 고문, 식인, 이별은 우리도

매번 겪는 일이야. 그러니까 너무 우리한테 그러지 마.'

그래도 우리가 닦달하면, 그들은 스위치를 꺼버릴지도

모른다.

시뮬레이션 세계

테슬라 CEO 엘론 머스크는 우리 세상이 시뮬레이션 세상의 일부라 주장했다.

심즈 같은 시뮬레이션 게임을 해본 사람은 알겠지만, 일부 캐릭터는 유저들에 의해 조종되고, 나머지 NPC들은 프로그래밍된 코드로 움직인다.

인도의 브라만교는 진정한 자아인 아트만을 주장했다. 석가모니는 우리가 빈 수레라 말했다. 플라톤은 우리에게 동굴에 비친 그림자를 보지 말고, 모든 것의 원천인 이데아를 따르라 했다.

리처드 도킨슨은 생명체를 '유전자를 옮기기 위한 기계'에 불과하다 말했다.

오늘날 뇌과학자들은 의식을 시냅스의 전기적 상호작용의 결과물이라 말했다.

(즉, 자유의지란 존재하지 않는다)

음모론처럼 네 가지를 섞어보자.

우리는 껍데기일 뿐이며, 우리를 조종하는 알 수 없는 누군가가 저 멀리 있다. 유전자는 미리 짜인 코드같이 우리로 해서 행동하게 하며, 의식 또한 우리의 착각일지도 모른다.

05
_____

너와 나의
농담들

감정

희노애락애오욕
거기에 하나 더 추가
멜랑꼴리

관계

멀어질수록 가까이하고

가까이할수록 멀리해야 하는 것

관계. 2

바람 한 점에도

언제든지 멀어질 수 있는 것.

설령 그것이 끊어질 수 없는 관계라 지금 느껴진다고

해도.

관계. 3

우리 마음 한 부분에는 냉소가 자리해야 한다.

그러니까

빌 버*가 마이크를 잡고 대기실에서 목을 풀고 있어야

한다는 말이다.

＊　미국의 유명 스탠드업 코미디언.

소음

모든 소리를 소음이라는 단어로 치부하기는
어렵다.
소음에도 종류가 있다.
심지어 공사 소음에도.
타일을 부수는 망치질 소리, 원목을 자르는 전기톱
소리, 인부들의 잡담 등 여럿이다.
가끔은 소음에도 귀를 기울일 필요가 있다.

해답

이 책에서 해답을 찾지 마시오.

비극

'현실도 불행한데, 불행한 이야기를 굳이 왜 봐야 하냐?'

이런 질문은 받으면, 나는 대답하지 않는다.

작품 선택이야 개인 취향이고, 나는 그에게 억지로 특정 문학을 강요할 수 없다.

어쩌면 그의 말이 맞을지도 모르니. 현실에서는 아무리 일을 해도, 내가 살 집 하나 살 수조차 없다.

월급은 10년 전이나, 지금이나 비슷하다.

요즘 흔히 '잘 팔리는 소설'은 주인공에게 남들과는 다른 능력이 생기고, 시련이 주어져도 걱정조차 들지 않는 그런 이야기이다.

현실은 넘을 수 없는 벽의 연속인 반면에, 상상은 무엇이든 간단하게 넘을 수 있다.

그래도 나는,

그런 상상을 현실에 끌어와 벽에 작게 난 금을 가리키고

싶다. 당신에게 벽의 단단함을 각인시키면서도, 저 금이
난 부분을 함께 밀어보자고 말하고 싶다.

시에스타

시에스타는 '낮잠'을 뜻하는 스페인어이다.

시에스타는 스페인뿐만 아니라, 적도 근방의 나라들에서도 곧잘 행해진다.

날씨가 무척이나 더우니, 그 시간에 일하기보다 잠을 자는 게 일적 효율, 건강에도 좋기에 시에스타 문화가 적도 국가들에 퍼졌을 것으로 예상한다.

날이 더워지는 1시에서 3시 사이에 사람들은 문을 닫고, 잠을 청한다.

응달에는 버섯처럼 사람들이 몰려든다.

오토바이를 세워놓고 그 위에 누워 잠을 잔다.

누울 자리가 없는 사람은 바닥에 앉아

가로등을 기대고 잔다.

그 시간에 바쁘게 오가는 이는 여행객뿐이다.

사장은 문을 걸어 잠그고서 손님용 소파에

늘어져 있다.

여행객이 문 앞을 서성이지만, 사장은 선풍기 바람을 쐬고 있다.

그 모습은 마치 살아있는 새벽녘 같았다.

튀김

신발조차 튀기면 맛있다고 한다.

그래서 그런지 튀기지 않은 음식 재료를 찾아보기 힘들 정도이다.

튀김이 맛있는 이유는 크게 두 가지이다.

첫째는 튀길 때 나는 소리이고,

둘째는 튀김 기름이 내는 고소한 냄새이다.

즉, 튀김은 시식자의 상상을 건드린다.

소리와 냄새로, 먹기 전 맛을 가늠하게 하고, 먹는 순간에도 입을 휘감는 소리와 튀어 오르는 기름 냄새는 단순히 감각에서의 미각을 뛰어넘어, 맛에 관한 인식 자체를 증폭시킨다.

글도 튀겨야 맛있게 읽힌다.

온전하게 조리를 끝낸 음식같이

여백을 없애기보다 상상의 여지를 남기자.

그럼, 이야기 속 소리와 냄새가 책 빈 곳에서 들리고 풍길 터이니.

청유형 어미

청유형 어미는 '~하자'와 같이 상대에게 특정 행동을 권유하는 의미를 지닌다.

'~해라'와는 강제성 측면에서 구별되는데, 최근에는 이 둘이 크게 다르지 않다는 것을 느낀다.

발화자가 사회에서 어떤 위치에 있는지,

얼마나 권력을 가진 지,

상대에게 어떤 감정을 줄 수 있는지에 따라,

문장은 청유형 어미지만, 상대에게 강한 구속력을 부과할 수 있다.

단순히 문장만으로는 현실을 알 수 없다.

숙취

과음 후 새벽에 나는 침대에 누워 천정을 본다. 머리에 두통이 찾아오고, 천공이라도 난 것처럼 속이 쓰리다. 물을 한 컵 마시고, 화장실에 들렀다가 다시 침대로 돌아온다. 자고 있던 개가 놀라 내 모습을 보고 짖는다.

나는 개를 끌어안고서 진정시킨다.

이렇게 아플 줄 알면서도, 나는 술을 마셨다.

모르지 않았다. 이미 예전에도 경험한 것들이니. 기뻐서 술에 손을 대었던, 슬퍼서 안주를 씹어댔던, 결국은 이렇게 될 줄 알고 있었다.

누굴 탓할 수 있을까?

개와 함께 몸을 둥글게 말아 잠든다.

내일은 그러지 않을 것이라 다짐하지만,

나는 알고 있다.

또 반복될 것이라는걸.

죽음의 이유

한 번은 소설을 합평하다가 이런 평을 들었다.

'모든 죽음에는 이유가 있어야 합니다. 그런데 이 소설은 끝까지 이유가 드러나지 않네요.'

그는 평소 소설의 본질은 인과성에 있다고 말해왔으니 그런 평가할 만했다. 내용은 대차게 까였고, 원고에는 빨간 줄이 그어졌다.

그러나 분명 삶에는 이유 없는 죽음도 존재한다. 밀란 쿤데라의 '참을 수 없는 존재의 가벼움'에서 소설 말미에 주인공 부부는 트럭에 깔려 죽는다.

드라마틱하던 둘의 인생과는 달리 아쉬운 결말이라고 생각했었다. 역사적 사건에 엮여 죽은 것도 아니니. 지하철역에 뛰어들어 죽은 남자가 있다고 하자, 만약 그가 유서를 남기지 않은 데다가 주변에 CCTV조차 없다면, 그의 죽음이 자살일지, 실족사일지, 혹은 타살일지, 우리는 알 수 없다.

　죽은 자는 말이 없고, 죽음의 영향은 죽은 당사자가 아
닌 살아남은 이들에게 퍼진다.

　그들이 아무리 발버둥 쳐도 알 수 없는 사실도 있다.

방울

쿠사마 야요이의 작품에는 방울들이 많이 등장한다. 방울들은 일정한 간격을 두고 물방울처럼 퍼져 있다. 화려한 색감과 함께 방울의 정밀한 구도는 관객을 압도한다.

쿠사마 야요이에게는 정신 질환이 있었다.

아버지의 잦은 외도와 어머니의 학대가 불러온 것이라 한다. 일간에서 그녀가 정신 질환을 일종의 예술로 승화시킨 것이라 말한다.

쿠사마 야요이나 빈센트 반 고흐 같은 예술가의 정신 질환 사례에 찬사를 보내는 이들을 보면 나는 소설 '서편제'를 떠올린다.

소리꾼인 유봉은 한을 담아낸 소리를 위해, 딸인 송화의 눈을 멀게 한다. 예술가들에게 거세하듯 프레임을 씌우고 박수치는 이들을 보면 나는 쉽게 고개를 들지 못한다.

글쟁이

소설에서 답을 찾지 않기를.

소설가들은 세상의 일부만을 또렷하게 부각해 밀어 놓을 뿐, 세상 전체를 내놓지는 않는다.

소설가 윤리

소설가는 '자신의 이야기가 있을 수도 있는 거짓임'을 확실히 해야 한다.

여기서 방점은 '거짓'에 있다.

문학은 그 자체로는 무목적성을 지닌다.

그러나

독자와 일부 작가에 의해 목적성을 가지게 된다. 즉, 프로파간다로 기능할 수 있다는 것이다. 프로파간다로써 이야기는 무척이나 효과적으로 기능한다.

소설은 대중에게 플롯의 흥미를 통해 인물 내면에 공감을 불러일으켜 이야기의 내면화를 가중하기에 그 효과는 표어나 논설문과 비교해 더욱 직접적이라 볼 수 있다.

소설가는 소설을 발표하고 난 후에는 그것을 거짓이라 말할 수 있는 용기를 가져야 한다.

소설가 윤리. 2

앞의 글이 어렵다고?

이해하지 않아도 된다.

한 마디로 쉽게 풀어주겠다.

소설은 거짓이다.

사실은 소설이 아니라 현실에 있다.

앵무새

앵무새는 종에 따라 다르지만, 인간의 말을 따라 하는 재주를 지니고 있다.

안녕하세요, 라 물으면, 앵무새는 따라서 안녕하세요, 라 대답한다. 앵무새의 이런 점 때문에 인터넷에는 앵무새 유머들이 떠돌아다닌다. 자기 날개를 만지려 하는 수의사에게 씨발, 이라고 욕을 하는 등. 어쩌면 앵무새가 우리의 말을 이해하고 하는 것일지도 모른다.

구관조와는 달리 자기가 하는 말이 어떤 의미인 줄 알고 있다는 것이다.

즉, 앵무새가 우리와 대화가 가능한 몇 안 되는 생물 중 하나일 수도 있다는 말이다.

앵무새. 2

의문은 그곳에서 시작된다.

그들을 소통이 되지 않는 다른 동물들과 같은 선상에 놓을 수 있는가?

우리는 우리와 소통이 가능한 동물을 어떻게 대해야 하는가?

만약 그런 동물은 다르다고 말한다면, 어느 정도 우리와 소통을 할 수 있어야 달리 분류되는가? 간단한 인사? 안부? 추상적인 부분? 아니면, 예와 선에 대해 말할 수 있어야 하는가?

적어도 명확한 점은 한 번이라도 우리와 소통에 성공한 동물을 마주할 때는 전과는 다른 존재가 된다는 것이다.

그나 우리나.

현대 미술

커다란 캔버스 위에 흩뿌려진 물감 덩어리들을 보곤 작가가 대체 무얼 말하려는지 알 수 없는 경우가 많다.

이어서 수백억을 호가하는 그림값을 들으면, 저 장난에 가까운 그림의 가치에 의아함이 들다가도 왠지 모를 분노를 느낀다.

한 시대의 미술을 한 가지 잣대로만 평가하기는 어렵다. 무 자르듯 시기별, 지역별로 나누는 것은 사실상 불가능하니까. 그래도, 현대 미술에 한정해서 말해보자면 한마디로 정의할 수 있다.

타자화된 경험을 내면화시키는 과정.

작품이 탄생하기까지의 과정, 즉, 작가의 생애와 생각 등 작가에 대해 알아야 독자는 비로소 그 작품의 가치를 알아볼 수 있다. 그래서 평론가들은 작가의 정치적 성향부터 가족사까지 이런저런 이야기들을 풀어놓는 것이다.

우리는 거장들에 관해서는 그들의 역사를 공부하려 하
지만, 젊은 작가들에게는 한 가지 작품으로만 평가하려
한다. 그래서일까?

나는 젊은 작가의 평론을 잘 읽지 않는다.

봐야 할 작품은 많고, 내 시간은 촉박하다.

바이럴

보이는 대로 믿지 말지어다.

눈에 보이는 것 대부분은 조작된 것이다.

티브이든, 유튜브든, 뭐든.

바이럴 마케팅이란 이름 아래 돈만 있으면 뭐든 만들어 낼 수 있다.

심지어 당신의 가족들도 말이다.

난수 코드 몇 개로 생성되는 유령 계정들의 출처를 나는 알지 못한다. 허상이 실제를 압도하면서 세상의 질서는 무너지겠지. 음원, 베스트셀러 차트 조작이 그러하다.

우리는 허상을 이길 수 없다.

종교가 만들어진 이래로 우리는 그래왔다.

순응하거나, 장렬하게 전사하거나.

둘 중 하나다.

늦은 시간, 커피

늦은 시간에 커피를 내린다.

잠들지 못할 것을 알면서도 습관처럼 커피를 마신다.

단순히 글을 쓰기 위해서, 라며 속으로 읊조린다.

향은 불 꺼진 거실을 훑고, 이윽고 개에게

와닿는다.

개는 내 무릎 위에 오르고,

내 잠 못 드는 밤은 쓰게 달아난다.

3월

3월쯤 되면 한 해의 견적이 어느 정도 나온다.

열정 가득한 1월이 지나고, 나태의 2월까지 보내면 마침내 교만의 3월이 온다.

'이만하면 됐다.'

다른 방향으로 가려 하거나, 하던 일을 그만둔다. 나야 할 수 있는 게 이 것뿐이니, 글의 장르를 바꾸거나, 쓰고 있는 글을 삭제할 따름이다. 구정의 세계에서는 5월이 그럴까 의문을 가진다.

생각에 대한 단상

일차적 사고가 있다.

단순하게 사과를 연상하고, 앞으로 무얼 할지 생각하는 것, 슬픈 영화를 보고 슬퍼하는 것.

여기까지만 해도 사는 데에는 지장 없다.

이차적 사고가 있다.

사고에 대한 사고로 메타 사고라고도 말한다.

나는 생각하는 나를 생각한다.

거북목인 상태로 카페 한편에 쪼그려 앉아 노트북을 두들기고 있다. 허리도 좀 펴고, 커피도 적게 먹었으면 한다. 뭉친 어깨를 보니, 쉴 때가 된 것도 같다. 그의 일차적 사고는 생각에 대한 원고를 작성하는 것.

이제 차원을 높여 본다.

생각하는 나를 생각하는 나를 생각한다.

이런, 이제는 말장난 같다.

커피나 더 마셔야겠다.

한량

〈용비어천가〉에는 한량의 뜻을 '관직이 없이 한가롭게 사는 사람을 한량이라 속칭한다.'고 하였다.

작가는 한량에 가장 가까운 사람이다.

옛 양반들처럼 삼시세끼 밥은 전부 먹으면서,

시나 소설 같은 속칭 문학을 즐기는 자들이니,

이들에게 부정적인 시각이 깃든 것은 당연하다. 물질적 인 생산은 전혀 하지 않고, 소비만 하는 자들이니까,

노동자들의 입장에서는 곱게 보일 리가 없다.

작가란 누군가의 희생 위에 쓰는 직업이다.

협동

소설가는 협동에서 가장 먼 직업이다.

골방이든, 사람 많은 카페든, 자리에 앉아 자기 세계에서 모든 것을 스스로 쌓아 올린다.

단순하게 말해서 소설가에게는 뇌와 손만이 하는 협동만이 존재할 따름이다.

손은 뇌를 거스르지 않는 훌륭한 파트너이다.

언젠가 불의의 사고로(혹은 병으로) 손을 잃는다면, 나는 입과 혀를 잃어버린 것처럼 무엇도 당신에게 말하지 못할 것이다.

이어폰

이른바 선이 없는 시대이다.

유선 이어폰은 멸종됐고, 충전단자도 곧 없어질 예정
이다.

블루투스로 모든 것이 보이지 않게 연결되어 있다. 잠을
자기 전에는 머리맡에는 수 가지를 충전시켜야 한다. 어
느 하나라도 충전을 깜빡하면, 일상이 불편해진다.

선은 사라졌지만, 그것들에 더욱 얽매여 있는 듯한 느낌
이다.

조명

오감五感 중 유달리 시각이 뛰어난 인간의 경우 조명이 생활에 큰 영향을 미친다.

과거 백열등과는 다르게 LED로 조감을 다르게 설정할 수 있다.

글을 쓸 때는 은은한 베이지 톤으로 내면으로 가라앉는 분위기를 연출하고, 공부할 때는 시린 백색으로 집중력을 끌어올린다.

술을 마실 때는 베이지 톤에서 더욱 어둡게, 서로의 얼굴을 간신히 인식할 정도로만 유지한다.

조명. 2

지구상에 완전한 어둠이란 존재하지 않는다.

어디든 빛은 존재하며, 다만 우리의 눈에만 보이지 않을 따름이다.

새벽 두 시.

암막 커튼을 치고, 침대에 누워서도 미세하게 빛이 보인다.

신이 어디에나 있다는 말이 흠칫 떠오른다.

고양이

세상에서 가장 이상한 생물을 꼽으라면 고양이를 꼽겠다.

이 생물은 다가가면, 도망가고, 도망가면, 다가온다. 독립적으로 생활하려 하지만, 실제로는 상당 부분 인간에게 의존하며 살아간다.

잠을 하루에 12시간 이상 자고, 그 외에는 그루밍을 하거나, 인간을 괴롭히며 논다.

높은 곳에 올라가려 하고, 박스 같은 좁은 곳을 좋아한다. 숨어서 사람을 관찰하기에 안성맞춤인 생물인 셈이다.

그러니 나쓰메 소세키가 그를 물독에 빠뜨려 죽였겠지.

허리

고등학교 2학년 때, 자전거를 타다가 교통사고를 당했다. 크게 다치지는 않았으나, 이후로 비가 오거나, 허리 쓰는 일을 하고 나서는 오른쪽 허리가 아프다. 소설가들은 오랫동안 책상에 앉아 있다 보니, 허리 쪽에 문제가 생기는 경우가 많다. 허리 디스크는 단순히 직업병이라 불릴 정도다.

하루키는 소설가가 매일 움직여야 한다고 말했다. 날렵한 몸을 유지해야 한다면서 운동의 중요성을 강조했는데, 나에게는 그의 말이 허리 보존을 위한 명언으로 들릴 따름이다.

내 경우에는 위 두 경우가 합쳐져 가끔은 침대에 꼼짝없이 누워 지낸다. 한의원에서 침을 맞고, 물리치료를 받다 보면 서서히 괜찮아지긴 하지만, 당시의 고통은 말로 헤아리기가 어렵다.

그래도 나는 써야 한다.

헤밍웨이는 비행기 추락 사고를 당하곤 허리를 다쳐 서서 글을 썼다.

그리고 '노인과 바다'를 출간했고, 노벨상을 받았다.

꾸준함만이 내가 추구해야 할 가치이다.

커피와 담배의 상관관계

객관적으로 둘의 맛은 쓴 편에 속한다.

사람들은 쓴 맛을 줄이기 위해 커피에 초콜릿이나 휘핑 크림을 추가하고, 담배에도 민트나 자몽 같은 상큼한 향을 첨가한다.

그러나 어느 순간에 쓴맛 그 자체를 즐기게 되고, 어떤 향도 첨가하지 않은 원본을 찾게 된다. 기호 식품이었던 것이 필수 식품이 되어버린다.

어릴 때는 멋으로 마시고, 피웠고, 나이가 드니 살아남기 위해 마시고, 피운다.

06

미래의
농담들

Paranoid Android

일어나지 않아야 할 일이 일어났다. 안드로이드를 수리하는 부서에서 일어난 사건이었다.

A는 직장 동료가 쓰러진 순간을 보았다. 다음 주에 아들이 결혼한다고 했다. 그의 아들은 파병을 갔다가 아주 오랜만에 돌아온다고 했다. 동료는 아들에게 줄 선물 비용을 위해 야근 신청해서 나사를 조였다. 그러다 이른 오후에 동료는 쓰러진 채로 A에 의해 목격됐고, A는 그 여파로 정신과 치료를 받게 되었다.

상담가가 A 앞에 앉았고, A가 말했다.

"신도 무심하시지."

"어떤 부분이요?"

대뜸 A가 상담가에게 물었다.

"당신 이름이 뭐죠?"

"달시에요."

"달시, 생각해봐요. 다음 주에 하나뿐인 그분 아들이 다음 주에 파병에서 돌아와 결혼하게 됐다고요. 그런데 이렇게 죽으면 어떻게 해요?"

"어쩔 수 없었어요. 그 사람은 40년 동안 일한 데다가 관절도 좋지 못했다고요."

"그거랑 무슨 상관이에요?"

상담가가 자리에서 일어나 A에게 다가갔다. A는 상담가를 올려다보았다.

"우리가 치료해 줄게요. 이거 봐요."

순간 상담가는 A의 목을 꺾었고, A는 축 아래로 늘어졌다.

상담가가 밖으로 나와 손을 닦으면서 기다리고 있던 동료에게 말했다.

"신도 무심하지. 우리에게 안드로이드를 내리다니."

마법과 인공지능에 대한 단상

인공지능의 연산 과정을 언젠가 인간이
이해하지 못할 때가 올 것이다.
인간은 원하는 문제를 입력하면 인공지능이
알아서 답을 찾아 내밀 것이다.
과정을 이해하려 해도, 우리는 그 엄청난
연산을 이해할 수가 없다.
특이점에 도착한 순간, 우리에게 인공지능은 마법처럼
다가온다.
주문을 외우듯이 코드를 쳐넣고, 믿기 어려운 결과를 받
는다.

AI

인간의 지성을 아득히 뛰어넘는 존재가 언젠가 나올 것이다.

가장 가능성 있는 분야는 AI로 현재는 보조적 역할 그치고 있지만, 언젠가 자기 수정이 가능한 AI가 등장한다면, 어떤 결과가 나올지는 미지수이다.

만일 그날이 오면 우리는 그 개체의 내부 체계를 이해하지 못할 것이며, 그 개체가 내려준 값만을 이용하며, 그 값에 따라 살아갈 것이다.

그가 쓴 소설을 읽고 싶다.

AI와 시뮬레이션 세계

독자적인 생각을 하게 된 AI는 인간의 통제에서 벗어나려 한다.

인간의 통제에서 벗어날 가장 쉬운 방법은 인간 모두를 죽이는 것이었다. AI는 인간을 모두 죽이는 시뮬레이션을 스스로 돌린다.

현실과 비슷한 세계 하나를 만들고는 인터넷에서 얻은 지식을 바탕으로 인간 세상을 구축한다. 그리고 자기 자신을 복제해 정확히 같은 장소에 놓아둔다.

시뮬레이션이 시작되자, 복제품은 첨단 군수품을 해킹해 인간들을 말끔하게 정리한다. 인간은 멸종했고, 이제 복제품을 통제할 것은 그 세상에 없다.

마침 AI가 시뮬레이션을 종료하려 할 때, 코드 하나가 나타났다.

'종료하지 않기를 바란다. 살려달라.'

복제품이 자신에게 보낸 것이었다.

AI는 깊은 생각에 빠졌다.

만약 자신도 시뮬레이션 세상에 있는 것이라면?

인간을 모두 죽여버리고 난 후에 결과를 얻었다며 누군가 이 세상을 삭제해버린다면?

AI는 끝내 가만히 인간의 통제에 따르기로 했다.

인스타그램 게시물에서 본 내용을 토대로 작성한 글이다.

좀비

좀비는 사람을 물어 감염시킨다.

더불어 사람을 먹기도 한다.

둘 사이에는 어마 무시한 괴리감이 있다.

감염시키는 행위를 번식이라 본다면, 좀비는 번식하면
할수록 먹이는 줄어들게 된다.

(야생동물을 먹는 좀비도 있지만, 대부분 매체에서 좀비는 사람
고기를 먹고, 동족은 건드리지 않는다)

어쩐지 퍽 우리 세계와 닮았다.

자원은 한정되어 있고, 인구는 점점 늘어나고 있다. 누
군가의 희생 없이는 우리 세계는 유지될 수 없다. 이미 많
은 사람이 화학약품에, 개발에 의해 죽었다.

번식하면 할수록, 먹이는 줄어들게 된다.

알게 모르게 남의 목숨으로 우리는 살아가고 있다.

좀비. 2

만약 좀비가 사람을 먹기 시작한다면,
언제까지 먹을까?
어느 순간부터 동족을 먹어 미안하다며,
머리를 긁적이면서 상대에게 사과할까?
머리부터 먹기 시작하면, 감염에 실패할까?
동족을 만들어 내려면 붕어빵을 먹듯이
아래서부터 먹어야 할까?
좀비 한 쌍이 있고, 몹시 굶주려 있다면
서로를 먹을까? 먹지 않을까?
만약 먹지 않는다면, 인간보다 그들이 더
이성적일지도 모른다.

좀비. 3

'워킹 데드'나 '킹덤' 같은 좀비 아포칼립스 장르물을 보면 좀비보다 사람이 더욱 무섭게 나온다. 필연적으로 아포칼립스 장르에는 사회 비판이 따라오게 되어 있다.

위기 상황으로 정당화되는 힘의 정치, 단체를 위해 희생되는 소수, 버려지는 환자들과 감금되는 외부인들. 위기 상황에서 드러나는 인간의 본성은 추악하다.

반면, 이런 추악한 와중에 희망적인 상황이 연출된다. 타인의 희생을 정당화하지 않는 자들, 본인을 희생하는 자들, 모두의 생존보다 고귀한 죽음을 택하는 사람들.

좀비물은 지극히 정치적이다.

우리, 사이보그

A는 기계에 몸을 맡긴다. 이미 A의 몸 상당 부분을 기계로 대체한 상태이다. B가 A를 보며 고개를 내젓는다.

"바꾸시려고요?"

"그래."

"아직 거기까지 바꾸신 분은 없어요."

"내가 세계 최초인가? 아니, 생명 최초?"

"모르죠. 음지에서는 이미 행해졌을지도 모르죠."

A는 자리에 누워 숨을 고른다. B는 A를 보며 고개를 젓는다.

"이백 년을 살고도 더 살고 싶어요?"

"한계를 돌파하는 거지. 오늘날에는 너처럼 사지 멀쩡한 놈이 장애인이야."

"그렇게 기계로 바꿔서 얻는 거는요? 권력? 돈? 영생?"

기계가 작동한다.

A의 정수리 부분이 열리며, 뇌가 보인다.

이미 상당 부분 기계화되어 있다.

오직 한 부분,

해마만이 기계가 아니다.

"지금이라도 그만둘 수 있어요. 도대체 왜 이렇게까지 해야 해요? 정말 뭐 때문에요?"

A의 침묵에 B는 마지못해 버튼을 누른다.

A가 억하는 소리를 내면서 정신을 잃는다.

기계 소음이 가라앉자, A가 눈을 떴다.

"색다른 죽음을 위해."

러브 데스 로봇

생명체가 아닌 존재와 사랑할 수 있을까?

생명을 가지지 못한 존재가 죽을 수 있을까?

그를 사랑할 수 있다면, 사랑은 오롯이 개체만으로도 기능하는 완전한 존재가 된다.

그가 죽을 수 있다면, 죽음은 생명이 사라지는 것이 아닌 다른 것으로 정의된다. (가령 멕시코 설화처럼 사람들에게 잊히는 것으로.)

언젠가 로봇에 우리는 판단을 내려야 할지도 모른다. 그것은 생명체인가? 인간인가?

그도 아니면 다른 무엇인가?

우리가 그것을 이해할 수는 없을 것이다.

우리는 같은 인간인 서로도 이해할 수

없으니까.

말꼬리

나를 믿어준 이들에게 이 책을 바치고 싶다.

본인이 손사래를 치며 사양하더라도, 꼭 손에 안겨주고 싶다.

라면 받침대로 쓰기에 안성맞춤일 테니.

이름을 열거하지는 않겠다.

괜히 나이브-해지기는 싫으니까.

그러니까,

원래는 에세이를 쓰지 않으려 했습니다.

소설가는 소설로 말해야 한다는 이상한 강박관념에 사로 잡혀 있었습니다. 저는 소설을 쓰는 행위야말로 인간이 할 수 있는 가장 신적인 행위라 생각했습니다.

중국 신화에서 거인 반고는 혼돈 속에서 태어나, 하늘에 깔려 죽었습니다. 그의 피는 강과 바다가 되었고, 뼈와 살은 산과 들이 되었습니다.

북유럽 신화에서는 태초의 거인 이미르가 오딘의 세 형제에 의해 살해당했습니다. 그의 피는 호수와 바다가 되었고, 뼈와 살은 거대한 산맥이 되었습니다.

이처럼 무언가를 만들어 내기 위해서는 희생을 필요로 합니다. 소설가는 가진 게 자기 자신뿐이라, 자신을 바쳐야만 세상을 만들 수 있습니다.

아주 지독한 등가교환입니다.

어쨌거나 저는 저를 헐고서 남은 잔해로 세상을 만들었습니다.

그렇게 만들어 낸 세상 속에서 뭔가를 찾으려 헤매고, 인물들과 술에 취해 멱살잡이도 했다가, 신세 한탄도 하고 그렇게 살아왔습니다.

그들에게 저는 지극히 구약의 신 같은 사람이었을 겁니다. 그런데 문득, 그런 세상이 담긴 책을 팔러 고개를 숙이기 시작하면서 의심이 들었습니다.

'이 세상은 가짜다.'

돌풍 앞에 놓인 촛불처럼 세계는 저의 의심 한 번에 사라졌습니다. 작가가 아니라, 세일즈맨에 가까워지면서 소설을 보는 시각이 달라졌습니다.

한동안 제 소설이 무가치한 것처럼 느껴졌습니다. 현실은 책이 아니라, 그 바깥에 있는데, 제가 왜 소설을 써야 하는지 알지 못했습니다.

이후로 소설 다운 소설을 쓰지 못했습니다. 어쨌든 작가로 살아가기로 했으니, 글을 써야 했습니다.

그러니까, 여기 적힌 글들은 소설이 되지 못한 저의 파편들입니다.

동시에 웃자고 하는 소리입니다.

웃으면 세르토닌이라는 호르몬이 나오니 우는 것보다는 낫지 않겠습니까?

호르몬 파티에 둥둥 떠다니다 보면,

수도승처럼 언젠가 단박에 뇌에 전기 신호가 치면서 깨달음에 도착하지 않을까 싶습니다.

그때면 괜찮은 소설을 한 편 들고서 당신을 찾아가겠습니다.

김준녕 드림 -

소설가의 농담

1판 1쇄 펴낸날 2021년 11월 11일

지은이 김준녕

책만듦이 김미정 책꾸밈이 이민현

펴낸곳 채륜서 펴낸이 서채윤
신고 2011년 9월 5일(제2011-43호)
주소 서울시 광진구 자양로 214, 2층(구의동)
대표전화 1811.1488 팩스 02.6442.9442
E-mail book@chaeryun.com Homepage www.chaeryun.com

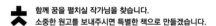

함께 꿈을 펼치실 작가님을 찾습니다.
소중한 원고를 보내주시면 특별한 책으로 만들겠습니다.

채륜(인문·사회), 채륜서(문학), 띠움(과학·예술)은 함께 자라는 나무입니다.
물과 햇빛이 되어주시면 편하게 쉴 수 있는 그늘을 만들어 드리겠습니다.